Originalausgabe

Herstellung und Verlag: BoD – Books on Demand, Norderstedt
ISBN: 9783756211272

Drei Nornen

-

Ein zeitloses Bühnenspiel

Inhaltsverzeichnis

Personen   S: 9
1. Aufzug: Die Drei   S: 13
2. Aufzug: Kinder   S: 37
3. Aufzug: Schicksal   S: 63
Anhang   S: 89

Personen:

Urd

Werdandi

Skuld

Erzähler*in

Mädchen

Junge

Drittes Kind

Anonymes Wesen

1. Aufzug: Die Drei

[*Szene: gigantische Wurzeln eines gewaltig, großen Baumes. Attribute wie Spinnrad, Brunnen, geritzte Zeichen verschiedenster Kulturen. Drei in dunklen Gewändern verhüllte Frauen erscheinen hinten am Bühnenrand. Wilde Geräusche, die langsam in schöne, epische Musik übergehen. Dann Stille und mit einem Knall tritt Erzähler*in auf. Wenn E spricht, dann spricht E zum Publikum. Gelegentlich tanzt E ums Bühnenbild und schmiegt sich hin und wieder elegant an einige Requisiten*]

E: Tausende, fremde Augen in tausenden, fremden Zeiten schauen. Anfang und Ende kreisen. Nur die Mitte steht still. [*E bewegt sich beim Sprechen langsam*] Was ist, ist, weil Zeit ist. Doch was ist Zeit und was von euch bleibt, verschwindet die Zeit? [*Kurze Atempause*]
Wir haben uns hier zusammen gefunden. Einige von euch sind gekommen, weil sie hier die höchste Wahrheit suchen. Einige von euch wollen nur eine schöne Zeit mit uns verbringen. Andere möchten ihre Freunde beeindrucken, indem sie sich kulturellem Genuss hingeben. Einige sind hier wegen eines romantischen Dates. Einige kamen mit vernebeltem Geist. Sie haben sich nur treiben lassen und landeten bei uns. Dann gibt es die Besonderen, die das

Schicksal zu uns geführt hat.

Ach ja, das Schicksal; ist es nicht ein zauberhaft, magisches Wort? Es ist undurchschaubar und mächtig. Es sagt alles und zugleich sagt es nichts. Es formt und leitet. Aber es kommt nicht zu euch angekrochen oder holt euch ab, ihr müsst es euch verdienen. Einige von euch werden durch Blut und Schweiß waten müssen, um es zu erlangen.

Es sind Fragen und Sehnsüchte, die ihr mitbringt. Sie haben euch zu uns geführt. Magie findet ihr hier. Das wusstet ihr. Den Blick in eine größere Welt versprechen wir und das triggert euch. Es hat in euch eine Frage anklingen lassen. Aber war es wirklich nur eine? Sicher spürt ihr, es sind viele Fragen, die euch zu uns geführt haben und noch mehr Sehnsüchte. Es sind verborgene, unsichtbare Triebe, die euch Tag aus, Tag ein lenken. Auch sie führten euch hierher! Alles kulminiert in diesem Moment. Im ewigen Jetzt entscheidet sich euer Schicksal.

Also was wollt ihr? Wer seid ihr? Weil ihr seid, was ihr seid, wollt ihr, was ihr wollt. Ist es nicht so? Aber welcher Wille machte euch und lebt dieser Wille in euch fort? Seid ihr eins mit diesem Willen oder von ihm verschieden. Wie wollt ihr? Was wollt ihr? Wird euch euer Wollen zu höchstem Glück oder abgrundtiefem Schmerz führen?

Im Nordland sagen sie; Schicksal ist eine alte Frau, die am Straßenrand sitzt. Sie trägt dunkle Gewänder und eine schwarze Kapuze bedeckt ihren Kopf. Auf den ersten Blick seht ihr nur ihre große Nase, ihre riesige Warze und die tiefen, schwarzen Augen. Aber schaut ihr genauer hin, findet ihr nichts von dem wieder. Es schien nur ein Trugbild für die einfachen Geister gewesen zu sein. Doch da war Dunkelheit. Gebändigte Äonen an Dunkelheit haben sich in ihr versammelt. Sie verängstigen jeden Sterblichen. Wer von euch wagt es, tiefer zu schauen? Oh, ihr werdet Schönheit finden. Das verspreche ich euch. Es ist eine grenzenlose Schönheit, die sogar das Wesen des Lichts überstrahlt. Es ist eine Schönheit, die es sonst nirgends auf diesem Erdball gibt. [*Erzähler*in berichtet mit dramatischen Gesten, während E über die Bühne läuft, auch durchs Publikum. Dann beginnt E langsamer zu reden, E spricht sehr betont und dramatisch*]

Es kann sie nicht geben. Denn wenn der Moment beginnt, dann muss der Beginn einen Beginn haben und auch dieser Beginn einen Beginn. Wenn der Moment endet, dann muss auch das Ende enden, bevor es enden kann. Aber was ist dann der Beginn und das Ende des Moments? Was verdammt ist euer Moment, wenn er nicht zu finden ist, wenn ihr nach ihm greift. Was ist Zeit, wenn sie doch nicht zu greifen ist? Was seid ihr, wenn eure Zeitlichkeit unergründlich ist?

Ihr wisst, welchen Dreien ihr heute begegnen werdet.

Ihr wisst, selbst mächtige Kriegsgötter gingen zu ihnen, um zu lernen. Die Geschichte des Einäugigen hat Krieger jahrtausendelang begeistert. Überall in der Geschichte der Erde finden sich Spuren der Drei. Durch alle Götterreiche ertönen ihre Legenden.

Sie sind die Drei, die eine sind. Sie sind drei heilige Frauen mit überweltlicher Weisheit. Drei, die schauen. Drei, die wissen und verstehen. Sie sind drei weise Frauen, die ritzen und weben. Sie heilen und sie lehren. Sie lehren das Heilen und heilen mit ihren Lehren.

Wer von euch ist bereit zu lauschen und wer von euch ist bereit, den Preis zu zahlen? Wer von euch ist bereit ihren Ratschlägen zu folgen, um sich aus seinem Elend zu befreien?

[*Die Nornen kommen aus der Dunkelheit heraus nach vorne auf die Bühne. Sie stehen im düsteren Halblicht. Dunkle Gewänder tänzeln. Gern etwas Nebel*]

E: [*Zum Publikum*] Ihr seid hier. Jetzt! Hier mit mir seid ihr und mit ihnen. [*Zeigt auf die Nornen*] Da sind die Drei, die sind wie gestern, heute und morgen, aber deren wahres Wesen jenseits von Zeit und Sein ist. Ihr [*Zeigt zum Publikum*] seid hier mit mir. Jetzt seid ihr und wieder jetzt und in jedem Jetzt. Dieses Jetzt formt euch, prägt euch und begrenzt euch. Nur jetzt seid ihr hier mit mir. Aber wer seid ihr genau jetzt und

16

was wurde aus eurem Gestern und wer werdet ihr morgen sein?

S: Ihr seht uns hier stehen. Aber seht ihr uns wirklich oder seht ihr nur die Interpretation eures Geistes über das, was er denkt, was wir sind?

W: Ihr seid voll bis zum Rand mit vorgefertigten Urteilen. Ihr könntet uns fragen und bitten, euch die Wahrheit zu zeigen. Denn es ist doch die Wahrheit, die ihr denkt, zu suchen?

S: Es scheint in eurer Welt so viele Arten von Wahrheiten zu geben. Was wir meinen, sind jene Wahrheiten, die endgültige Wahrheiten sind. Jene Wahrheiten, die die höchsten und letzten sind. Diese Art von Wahrheiten könnten wir euch offenbaren. Aber euer Geist ist randvoll. Was immer wir euch zeigten, ihr würdet nicht das Wahre darin sehen und ihr würdet nicht verstehen. Denn ihr würdet alles mit eurem voreingestellten Geist interpretieren und die Wahrheit verfehlen. Wenn ihr seht, bevor ihr seht, verfehlt ihr. Wenn ihr versteht, bevor das zu Verstehende entsteht, verfehlt ihr.

U: Lernt nackt zu schauen. Seht nur, wenn ihr seht. Hört nur, wenn ihr hört. Fügt nichts mit eurer Kleingeistigkeit hinzu. Die Erde dreht sich. Die Sonne rast durchs All. Milliarden Sterne glimmen in nur einem Moment. Es ist euch alles gegeben für ein großes und legendäres Schicksal. Aber ihr verfehlt es wegen eurer Kleingeistigkeit, eures Zweifels und eurer Angst. Dann werdet ihr alt und bedauert es. Ihr bedauert, dass ihr an eurer eigenen Wahrheit vorbei gelebt habt. Ihr habt sie immer gespürt. Wir wissen das und ihr wisst es auch. Aber obwohl ihr es tief in euch immer gespürt habt, habt ihr sie nicht gelebt.

S: In dieser Welt dreht sich alles und schwebt. Diese Welt ist eine von vielen Welten. Eine Welt unter vielen hängt am Weltenbaum wie ein Blatt. Ein reifes Blatt welkt und fällt. Ragnarök erklingt und verschlingt jeden Menschen und jeden Gott dieser Welt. Aber Neue blühen.

U: Kämpft bis zum letzten Augenblick eures Daseins. Kämpft um euer Recht, euren Platz, um jeden Atemzug, aber wenn es unausweichlich ist, dann gebt euch stolz dem letzten Augenblick hin. Strahlt ein letztes Mal mit eurer ganzen Wahrheit. Zeigt der ganzen Welt, dass ihr es wert seid, erinnert zu werden.

W: Es tropfen eure Jahre aus unserer Schale Menschenkinder. [*Nimmt Schale mit Wasser. Lässt sie austropfen*] Nutzt sie geschwind. Ein zweites Mal gibt es sie nicht. Also lebt wie der Wind. Lebt in einem Rausch aus Glück und Mitgefühl. Strebt nach dem höchsten Sinn und gebt euch wahrer Liebe hin.

S: Wir ordnen Perlen auf Fäden. Wir ritzen in den Stein. Wir weben interaktive Netze aus digitalen Universen. Wir können die tödlichste Spinne in einem

18

Spinnennetz sein oder der rettende Engel, der deinen Fall heilsam abfedert. In unserem Kessel kochen wir die Substanzen der Zeit. Unsichtbare, dünne Zeitfäden weben das Geflecht aus dem dein Schicksal reifen kann.

W: Wir sitzen und sitzen doch nie still. Wir fließen unsichtbar. Wir sind der Fluss, der härter hämmert als alles Eisen. Wir sind Drei und doch nur Eine und somit Keine.

U: In mir gibt es Myriaden an Geschichten. Ich vereine Myriaden hoch Myriaden an Blickwinkeln und Zillionen verlorene Welten. Ich bin der tiefste Abgrund. Sieh hinab und erschrick nicht, wenn dein altes Ego dich schmerzverzerrt anspringt. Du hast es verdrängt, aber der alte Schmerz und die Narben der Vergangenheit sind noch da und können dich jederzeit einholen.

W: Deshalb stille ich euch; nähre euch und gebe euch Kraft, um zu heilen. Heilt in mir. Kommt in meine Arme. Kommt an meine Brust. Ich schütze euch!

U: Die Wesen reisen von Skuld zu Werdandi zu mir. Die Wesen reisen vom Nimmerland ins unendliche Eis. Es ist da am wärmsten, wo die wahre Liebe ist. So wisset Urds Herz ist ein brennender Vulkan.

W: Unsere Urd strahlt mit magischer Schönheit. Neben ihr seht ihr mich. Ich lade euch ein mit mir träumend zu leben. Dort glüht ein überirdischer Diamant schöner als jeder andere Edelstein. Es ist unsere Skuld. In ihr fließt Magie und verzaubert. Sie ist ein ewiger Jungbrunnen. In ihr könnt ihr einen Fluss glücklicher Weisheit finden, falls ihr euch auf sie einlasst. Vertraut ihr. Gebt euch ihr hin. Tanzt mit ihr!

Ʊ: Zeit kann nur sein, wenn Zeit aus Nicht-Zeit ist. Lass dich nicht vom Offensichtlichen in die Irre führen.

W: Da ist Wandel und ein Schein von Zeit. Wenn du sie suchst, ist da nichts. Doch da sind wir Nornen und sind doch nicht. Deshalb wahr und unklar. Also schau uns ins Gesicht und suche in den Spiegeln unserer Augen dich.

Ʊ: Was nicht geboren, kann nicht sterben. Was nicht entsteht, kann nicht vergehen. Formlose Formlosigkeit übersteigt die Zeit. Was die Zeit-Geberinnen geben, ist nicht das, was sie auch sind.

W: Ihr seht unsere Form, aber da ist nichts. Ihr fühlt unsere Zeit, aber sie geht nicht. Und ihr denkt wir sind, aber wir sind nicht. Da ist Schein und da ist Sein. Euer gebasteltes Sein ist Schein. Unser Sein ist Wirklichkeit, scheint aber nicht.

S: Schwestern, tanzt mit mir. Seid nicht immer so ernst. Lasst uns tanzen und lachen. Vertraut mir.

Kommt! [*Sie tanzt herum um die anderen Nornen*]

E: Seht ihr sie stehen. [*Zeigt auf die Nornen*] Eine Chance solche Wesen zu sehen, wird euch nicht oft vergönnt sein. Legt eure Hände auf euer Herz und spürt diesen Augenblick. Versucht ihn zu greifen, wenn er vergangen ist und greift nach dem Augenblick, der kommt. Versteht doch endlich die Kostbarkeit des Moments. Und nein! Nein! Nein! Solange ihr euch weiter dem Oberflächlichen, Stumpfsinnigen und Kleingeistigen hingebt, habt ihr es nicht verstanden. Ja, ja, ja! Ihr denkt, ihr wisst es und versteht es. Vielleicht gibt es tief in euch sogar wirklich etwas, das es versteht. Aber ihr – ja ihr, die ihr mich anseht – versteht es nicht. Denn wenn ihr es verstehen würdet, dann würdet ihr anders leben. Euer Hedonismus, euer Laissez-faire, eure Kaffeekränzchen und Chillouts beweisen, wie wenig ihr die Kostbarkeit dieses Augenblicks versteht. Tanzt endlich! Ja, tanzt auf der Bühne des Lebens. Die gesamte Geschichte des Weltalls lebt in euch. Denn sie hat euch geboren. Sie hat euch mit Geist auserkoren. Mit Bewusstsein seid ihr gekrönt und könnt bewusst mit allem in Einklang kommen. Also tanzt mit innerer Größe. Tanzt im Gewahrsein der Kostbarkeit des Hier und Jetzt. Tanzt in der Einzigartigkeit jeden Moments und seiner grenzenlosen Bedeutung.

Die Nornen schreiten voll Stolz. Spürt ihre Macht! Aber ihre größte Wahrheit ist Liebe. Der Schein des Stolzen und Mächtigen war für die Kleinen und Schwachen, die zweifelten. Sie brauchten ein klares Symbol, dass alles erlöst und alles wunderbar zu machen verspricht. Es ist für die, die glauben, dass es oben und unten gibt, groß und klein, stark und schwach. Sie glauben, was nicht sein kann. Aber wahr ist, da ist nur Liebe und nur die wahre Liebe lohnt sich wirklich gelebt zu werden.

Sie sind und sind nicht. Narren fragten nach Sein oder Nichtsein, aber wer wahr erkennt, der erkennt, dass alles Sein ist und doch nicht. Ein Weiser sagte einst, Zeit wäre nur ein Konstrukt, dass du mit dem Geist erschaffen hast. Gleichheit umwebt die drei Zeiten. Unbestimmt ist die ungreifbare Zeit. Dein Geist ist im Strudel der Zeit, wie könnte er sie schaffen und ohne deinen Geist bist du kein Wesen in der Zeit.

Mutter Jetzt ist hier mit euch und nährt euch an ihrer Brust der Gegenwart und schaut dort: [*Licht auf Skuld*] ja schaut genau! Schaut der Zukunft ins Gesicht. Sie ist noch nicht und doch dreht sich alles in euch um sie. Jeder von euch strebt mit seinem ganzen Wesen ihr entgegen. Sie ist die Begehrte. Sie ist die Geehrte, Geliebte und Erwünschte. Sie wird gemalt in den Herzen von vielen Milliarden Menschen.

W: Wir sitzen hier und ritzen alte Symbole in die

Rinde Yggdrasils. Es sind überdimensionale Einsen und Nullen. Es sind magische Quantensprünge. Wer von euch kann sie verstehen und ihre Geheimnisse offenbaren? Jene, denen es gelingt, denen wird Weisheit zu eigen werden. Es sind jene Weisheiten, die selbst Götter begehren, aber nicht besitzen.

᛭: Einst hing ein Gott, gab sein Auge und fast sein Leben für den Einblick in Geheimnisse, von denen wir Nornen so viele weben und mehr besitzen. Wir gaben sie ihm, obwohl er ein streitsüchtiger Lustmolch war. Aber er war ehrlich und suchte die Wahrheit zum Wohle anderer.

ᚢ: Ein Baum: so mag es euch am sinnvollsten erscheinen und der Wahrheit am nächsten kommen. Aber glaubt nicht, dass ihr mit eurer beschränkten Sicht die Welt wirklich erfassen könntet. Äonen fließen in einem Brunnen, der an den Wurzeln des Weltenbaumes steht. Ein Tropfen seines Wassers ist eines eurer Weltzeitalter.

᛭: Nur seid nicht so töricht, es linear zu sehen. Das wäre langweilig und wo bliebe der Spaß eines orgiastisch, exotischen Tanzes. Erweckt das Chaos in euren Herzen ihr Kinder der Erde und werdet zu tanzenden Sternen.

ᚢ: Sein ist, aber wäre nicht, wenn das Nichts, das für euch gestern und morgen ist, nicht ist. Also hütet euch zu glauben, ihr wäret fest wie Stein. Einem Fluss seid ihr gleich und einem Windhauch zwischen bergigen Klippen.

W: Zeit ist Schein. Verliere dich nicht in etwas, dass nicht wirklich war. Tiefer liegt nichts und das was wirklich ist. Einer hat gesagt: gestern, heute und morgen sind drei verschiedene Universen. Vielleicht hatte er Unrecht und es sind Milliarden Verschiedene. Denn die Möglichkeiten und Wahrscheinlichkeiten paaren sich wie balzende Vögel im Frühling.

S: Es gibt etwas, das weniger ist als das absolute Nichts. Jenes Nichts, das zerriss und Feuer- und Eisriesen gebar. Jenes nichtige Nicht-Nichts ist und teilte sich in Sein und Nichtsein, in Feuer und Eis, in heiß und kalt, in Leben und Tod. Da ist etwas, dass weniger ist als nichts, aber nicht nichts ist.

W: Höret Liebende. Sehet. Staunet! In mir ist eins und keins. Drei zu eins. Doch niemals nicht ist nicht niemals nichts. Beginnen wir und enden wir in dir.

S: So sei, was noch nicht ist. Gewesenes ist nicht mehr, aber viel mehr als zuvor in seinem Fortgang.

U: Symbole helfen zu verstehen. In jeder Welt gemalt und jede Welt malt anderslich. Hier ist es ein Brunnen, dort ein Spinnrad, anderswo der Schweif tanzender Kometen und die Spiralen der Himmelsscheiben. Galaxienwirbel kreisen in den Geistern der Weisen. Ihr habt kleine Bildschirme mit

Bildern, Tönen und Filmen. Eure Symbole sind interaktive Schleifen. Dort sind es ekstatische Tänze, anderswo nur kleine, fein abgestimmte Handgesten und bei euch sind es digitale Flimmerbilder. Freunde, je kleiner eure Geschichte desto größer ihre Bedeutung. Denn vergesst nicht: Liebe ist unsere Wahrheit. Also seht hin und zerstecht die Traumblase. Seht, wie sie platzt. Was bleibt? Was bleibt? Was bleibt, wenn alle eure Illusionen zerplatzen?

W: In mir scheint ihr unabänderlich zu bleiben. Doch alles endet und zerfällt, aber solange euch die Kraft gegeben ist, bleibt bei mir und ich nähre euch.

U: Was bleibt, wenn vergangen ist. Denn greift, was ihr wart und ihr greift ins nichts. Erinnern scheint, aber Wahrheit verwischt. Zu sehr malt ihr eure Erinnerungen aus. Ihr schmückt und glättet, weil ihr den Schmerz nicht ertragen könnt. Aber so könnt ihr weder lernen, noch euch weiter entwickeln. Es ist Wahrheit, die Größe und Mut gebiert.

W: Jede Form ist ein Symbol, dass eine tiefere Wahrheit verbirgt. Jedes Bild der Welt ist nur der Ausschnitt von etwas Größerem.

S: Symbole, ihr klammert euch an eure Symbole! In Symbole mauert ihr eure Charaktere ein. Aber alles sprießt, wächst, gedeiht, lässt Samen zurück, die gleich und doch verschieden sind. Jedes Symbol muss fallen, so wie jede Form! Der Sieger ist der Verlierer aus der Sicht höherer Sieger. Aber es gibt den Sieg wahrer Liebe!

ᛟ: Die Sterblichen machen sich Bilder. Es sind Bilder ihrer Welten. Es sind Bilder, die ihnen etwas gelten. Bilder, die sie definieren. Bilder von ihrem Sein; ihren Höhen und Tiefen. Bilder, die ihnen wahr dünken. Nun lasst uns auch ein Bild malen. Es ist das Bild eines alten, großen Baums, eines Weltenbaums mit unermesslich großem Stamm, gigantischen Ästen und Blättern, deren jedes eine eigene Welt gleich einem Universum ist. Malen wir dieses Bild und malen wir die Macht der Mächtigsten an diesem Baum: drei, einige Frauen. Die Drei, die sind gestern, heute und morgen.

ᛊ: Blätter sprießen. Ganze Welten entstehen. Es grünen unzählbare Universen. Sie entstehen endlos, solange Drei in einer Mitte stehen. Drei die eins und keins sind. Was ist Länge außer die Sicht des Sehenden. [*Pause, dann langsam:*] Welten bersten. Welten sterben und vergehen. Am Ende bleibt nur eine einzelne Tänzerin, die sich anmutig im Kreis dreht. Sehet und folgt dem schönen Schein. Glaubt, denn es kann wirklich das Paradies sein. Vergangen war. Sein ist. Beides vergeht im Angesicht der kühnen Schritte einer stolzen Tänzerin. [*Skuld tanzt im Kreis bei langsamer Musik*]

ᚹ: In den Urgrund des Seins ritzend entstehen

Zeichen, die Äonen einfärben. Gesponnene Fäden sind eingewebt zwischen den kleinsten Teilchen des Universums und den größten Spiralgalaxien. Es ist ein gewebtes Sein, verbunden durch die Leerstellen.

☺: Es gibt unsere Zeit und es gibt andere Zeit. Zeit ist rein, wenn ihr Zeit vergesst. Ihre Ströme fließen unaufhörlich. Sie schwanken, erstürmen, tosen und türmen sich auf. Es sind Zeitströme. Angezogen von der Masse ergießen sie sich in einem Moment. Manche Zeit ist bestimmt, manche ist unbestimmt. Die Zeit fließt und schwillt unter dem Gewicht gigantischer Berge dramatisch an. Die Masse aus Zeit geboren und die von der Masse angezogene Zeit sind ein tanzendes Liebespaar. Inmitten all dem tanzt ihr euer Schicksalslied. Ihr seid eingezwängt zwischen Planetenherden und Äonen. Ihr seid Winzlinge für die großen Wesen. Aber die wahre Liebe macht euch unsterblich.

E: Sie schauen zurück und ergreifen die Vergangenheit mit ihrem Geist. Es tröpfelt. Alles was sie sehen, ist Urd. Jeder Tropfen Zeit, der in der Vergangenheit liegt, der sie denken, gewesen zu sein, ist ein Zeichen Urds. Erinnere dich an dich. Sonne dich in der Wonne der Geschichten deines Lebens. Die Schönen umarme! Aber halte die Schlechten und Harten auch klar bewusst in dir, um die Lektionen, die sie dir mitgaben, nicht zu vergessen.

Groß war der Schmerz in ihrem Herz. Alte Norne. Dunkel. Schwarz. Tot. Urd. All die Tode, die in ihr blieben. Der Moment; der letzte Moment des Aufbegehrens und der Schmerz davor. Das Dunkle danach verschlingt und es bleibt dieses Gefühl versagt zu haben, dass Zillionen in ihren letzten Momenten aufwühlte. Es waren Zillionen von Wesen gemachte Wahrheiten.

Alt, dunkel, alles Licht aufsaugend, alle Erinnerungen in sich einzehrend, endlos. Schwarze Löcher sind kleine Stubenfliegen gegen die endlosen Weiten dunkler Erinnerungen, die verborgen liegen und für Zillionen Weltzeitalter währen. Geschehenes ist nicht mehr. Kein Faden verbindet. Es ist einfach abgetrennt. Die Last im unerreichbaren Niemandsland der Vergangenheit wird getragen von der Einen. Sie erträgt die endlosen Stürme an Emotionen aller vergangenen Wesen. Sie trägt alles Glück und allen Trübsal und macht es unvergessen im Weltgedächtnis. Sie erinnert all die Neugeborenen und die Vorzeichen, die mit ihrer Geburt erschienen. Sie sieht, wie Schicksale sich erfüllten oder scheiterten.

Die Stoppuhr rast dem Ende zu. Der Sand rinnt durchs Stundenglas. Euer Timer nähert sich der Null. Erkennt darin eure Lebenszeit und überlegt weise, was ihr tun wollt, mit den Lebenssandkörnern, die euch bleiben. Denn jede Fehlentscheidung ist unwiederbringlich verlorene Zeit.

Ihr seid Zeitwesen und ihr habt nur begrenzte Zeit. Vergesst das nicht! Fragt euch, was ihr wirklich wollt. Tut nicht etwas, nur weil es andere wollen. Tut nicht nur das, was ihr jetzt wollt. Tut das, was ihr am wahrscheinlichsten an jedem Punkt eures Lebens wollt. Vielleicht ist es das Glücklichsein oder ihr seid eines jener Wesen, die nur danach streben ihr Schicksal zu erfüllen. Was zählt ist, das ihr die Antworten sucht und findet. Verliert keine Zeit! Seid schnell. Selbst die kleinste Sekunde rinnt unaufhörlich dahin.

Ʊ: Nun sind wir hier mit euch. Dieser Moment ist eine Chance. Die Göttin der Chancen streut ultraviolette Blumen zu euren Füßen aus. Jetzt habt ihr die Chance anzuhalten und innezuhalten, um auf eine neue Art fortzuschreiten.

§: Glaubt an euch. Begrabt die Zweifel an eurem wahren Schicksal. Nehmt es an und strebt!

W: Ihr seid toll. Ihr seid wunderbar. Das zweifelt keine von uns an. Aber ihr wisst, was wir wissen und was jetzt jeder andere über euch wissen soll. Es gibt diese Stimme in euch, die mehr will!

§: Diese Stimme weiß, ihr seid noch nicht am Ende. Ihr habt noch nicht alles gegeben. Ohne Pause ertönt diese Stimme in euch. Sie schreit euch an: du kannst mehr! Sie schreit jeden Tag, jede Nacht, jeden Augenblick. Aber ihr überhört sie nicht nur. Ihr ignoriert sie sogar. Mit tausend Räuschchen betäubt ihr eure eigene, innere Stimme. Ihr tut alles nur um den Ruf nach Größe, der in euch lebt, nicht mehr hören zu müssen.

W: Hört auf damit! Hört auf euch zu berauschen und vor eurem Schicksal davon zu laufen. Hört auf, sonst werdet ihr es bereuen. Versteht endlich! Wenn ihr jetzt nicht anfangt, wird Reue über euch kommen. Ihr werdet von Reuegefühlen gepeinigt werden, bis euer Lebenslicht aushaucht.

U: Hört auch auf zu denken, es ginge nur um euch. Vielleicht könnt ihr euch wirklich wieder vom Rausch aus Alkohol, Drogen und Spielsucht lösen. Aber was ist mit denen, die zu euch aufsehen? Was ist mit euren Kindern und Geschwistern? Sie sehen euch und denken, es ist nicht gefährlich. Aber sie sind nicht so stark wie ihr. Doch sie haben euch nachgeahmt, weil sie euch gefolgt sind und so gehen sie elend zugrunde. Wollt ihr solche Freunde und Vorbilder sein? Wollt ihr für ihr Elend verantwortlich sein?

S: Ihr seid nicht allein und alles was ihr tut, beeinflusst andere. Genauso beeinflussen sie euch. Die Verbindungen zwischen euch sind so zahlreich wie die Sterne.

U: Sucht euch eure Vorbilder ganz genau aus! Folgt jenen, die wahre Größe entwickelt haben und deren Schicksal die Welt wirklich besser gemacht hat.

S: In mir weben viele Welten. Sie sind die Wahrscheinlichkeiten, die aus Möglichkeiten geboren sind. Ich sehe dieselben Menschen zur gleichen Zeit weinen vor Schmerz oder tanzen vor Glück. Jetzt in diesem Augenblick kulminiert alles.

[*Zum Publikum*] Ihr da! Ja ihr da, euch meine ich; zwinkert bitte mit euren Augen. Ich bitte euch zwinkert! Werdet euch dabei bewusst, was ein Augenblick ist und öffnet euren Geist. Seht die Zillionen an Möglichkeiten, die ihr wählen könnt. Begreift, wie viele Entscheidungen ihr in nur einem Augenblick treffen könnt. Seht euch reifen und beobachtet, wie ihr euch in jeder dieser Wahrscheinlichkeiten euren Willensanstrengungen gemäß ändert. Da! Ich sehe euch weinen, denn ihr habt verloren. Da! Ich sehe euch lachen, das Glück ist euer. Da! Ich sehe Verzweiflung. Da! Oh! Wie ihr triumphiert. Seht wie groß euer Sieg sein kann.

W: Wir sind, waren und werden sein. Zusammen mit euch hauchen wir zu jeder Zeit und sind zugleich ungreifbar und unergründlich. Ihr seid und ihr wart. Ihr entscheidet, wer ihr sein werdet.

U: Fürchtet euch nicht! Selbst, wenn ihr scheitert, werde ich euch in meine warmen Arme schließen. Niederlagen sind keine Schande; nur aufgeben dürft ihr nicht. Ich werde auf euch warten. Am Ende eures Strebens werde ich euch ein Heim sein.

S: Ihr dürft nicht aufgeben! Lasst das euer Credo sein. Macht das zu eurem Mantra. Es sei das Gesetz eures Schicksals: gebt niemals auf!

W: Wenn ihr verliert, dann zieht euch zurück. Heilt eure Wunden, erneuert eure Kräfte und dann versucht es erneut! Rennt gegen alle Widerstände an. Überwindet alle Hindernisse und siegt!

U: In euch warten viele Samen darauf, gewässert und kultiviert zu werden. Es sind die Samen, die Namen tragen wie Kraft, Macht, Ausdauer, Weisheit, Schlauheit und Stärke. Hegt sie! Jätet das Unkraut, dass sie am wachsen hindert. Düngt sie mit endlosem Training. Werdet zu Gärtnern eures Schicksals. Werdet die Köchinnen eures Erfolgs. In euch warten viele Samen darauf, eine Schicksalskraft zu werden. Sie werden reifen, sobald ihr bereit seid, eins mit eurem Schicksalsweg zu werden. [*Kurze Pause*]

E: Schätzt euch glücklich, die drei Nornen zu sehen. Lauscht jedem ihrer Worte aufmerksam. Mächtige Götter und Göttinnen kamen zu ihnen, um zu lernen. Jetzt habt auch ihr dieses Glück. Aber ihr seid keine Götter. Nein, ihr seid nur einfache, sterbliche Menschen. Wenn ihr Glück habt, dann lebt ihr hundert Jahre und seid dabei gesund. Jetzt hier wurde euch die Gnade zuteil, dem Schicksal und ihren Schwestern ins Angesicht zu blicken.
Leider ist euer Geist unreif. Ihr seht die Nornen nur

durch eure getrübten Filteraugen und könnt ihr wahres Wesen nicht erfassen. Aber in ihren Augen könnt ihr euer Spiegelbild sehen. Schaut, wer ihr wart. Werdet euch bewusst, wer ihr jetzt seid. Fühlt tief und versteht, wer ihr sein könntet.

Es ist ein Drama, wenn ihr diese kostbaren Momente über euch ergehen lasst, ohne dass sich tief in euch etwas in Bewegung setzt. Welch großer Verlust ist es, wenn ihr dem hier zuschaut und in euch nicht die Sehnsucht nach eurem Schicksal schreit. Wenn ihr uns zuhört und ihr nicht begreift, welche Wunder ihr vollbringen könnt: dann seid ihr verloren!

Magische Zufälle haben euch hierher geführt. Was will euch euer Schicksal damit sagen? Fragt euch das und wagt nicht aufzuhören zu fragen, bis ihr im goldenen Morgen eurer Schicksalserfüllung tanzt. Vollbringt. Vollendet. Erhebt. Bewegt. Verzaubert. Erfindet. Führt. Beschützt. Lehrt. Nehmt euer Schicksal an und macht diese Welt besser als je zuvor. Ladies und Gentlemen es ist euer Leben. Ihr habt die Wahl, ob ihr ein kleines, mittleres oder großes Schicksal wollt. Ihr entscheidet es mit euren Träumen und euren Taten. Aber seid gewiss: jedem von euch, der heute bei uns ist, ist es gegeben, ein großes und legendäres Schicksal zu erfüllen!

2. Aufzug: Kinder

[*Eine Straße mit Rissen und Löchern, aus denen
Wurzeln herausragen. Drei Kinder und Erzähler*in
sind da*]

E: Hier sind wir wieder. Hier sind wir und sind
zeitgleich andere, als wir waren, als wir uns das letzte
Mal sahen. Alles wandelt sich unabänderlich. Lebt
den Wandel und steigt auf. Versteht den Wandel.
Entwebt ihn!
Drei, drei, drei! Drei Kinder sehe ich. Sie sind noch
Küken und sie sind die Brut eures
Menschengeschlechts. Auf ihren Schultern ruht die
Zukunft. Sie werden die Säulen sein, auf denen die
Welt von Morgen steht. Und ihr! Ja ihr! [*Zeigt
energisch aufs Publikum*] Ihr seid die Säulen, auf
denen die Welt von heute steht und ihr wart die
Kinder von gestern.
Erinnert ihr euch? Ich meine, erinnert ihr euch
wirklich? Erinnert ihr euch an euren ersten Schrei,
eure ersten Schritte, das erste Mal als ihr geliebt habt
oder erinnert ihr euch an euren ersten
Nervenzusammenbruch? Erinnert ihr euch an die
schönen Tage eurer Kindheit? Erinnert ihr euch an die
dunklen Tage; jene Tage voll des Schmerzes, die nie
zu enden schienen?
Erinnert euch daran, wenn ihr auf unsere drei Kinder

37

trefft. Fühlt, wie sie fühlen, wie auch ihr einst fühltet, als eure Tage noch jünger waren. [*Zeigt auf Kinder. Licht auf Kinder*]

J: Wir sind zurück, aber wo waren wir?

M: Nicht hier, aber auch nicht fort.

DK: Nirgendwo.

J: Wer waren diese drei Frauen?

M: Hast du ihnen nicht zugehört?

DK: Sie waren wir und doch nicht.

M: [*Kreischt:*] Ihh! Seht her, meine Haare sind grau geworden.

J: Und deine Augen sind schwarz.

M: Nein! Wie?

DK: Schmerzt es? Also deine Augen meine ich; tun sie weh? Denn diese Schwärze scheint endlos zu sein. Dieser Ausdruck des Abgründigen und Unendlichen ist krass. Tut dir das weh?

M: Nein. Nein, ich fühle mich so gut wie immer.

DK: Dann solltest du dich freuen. Du siehst viel cooler aus als vorher. Das sieht wirklich hammermäßig aus!

M: Danke, aber was bedeutet das? Wieso ist mein Haar grau und wieso sind meine Augen schwarz?

J: Es muss eine Antwort geben!

M: Die drei Frauen werden sie kennen.

DK: Ich sah sie und sah sie zugleich nicht.

J: Ja! Ja! Ja, so ging es mir auch. Wie ist das nur möglich? Waren sie es, die uns hierher schickten? Aber aus welchem Grund? Welche Aufgaben haben sie für uns vorgesehen?
[*Ein Blitzeffekt und ein lauter Knall hinter den Kindern: aus dem Nebel tauchen die drei Nornen auf. Die drei Kinder drehen sich um, sehen zu den drei Nornen hinauf und fragen gleichzeitig:*]

K: Warum?

[*Alle drei Nornen bleiben stumm, aber ihre Hände weisen nach oben*]

DK: Warum bleibt ihr stumm?

S: Stumm? Du dummes Kind denkst, dass Worte alles sind. Versteh die Bilder, die Gesten und versteh die Atmosphäre. Tauche ein ins Sein und verstehe, was höher ist.

DK: Was?

M: Sie sagt, du hast keine Ahnung. Ihre Gesten erzählen so viel mehr als Worte. Du musst sie nur verstehen lernen.

W: Gesten, Worte und Symbole; als ob das alles wäre.

Emotionen! Es sind Ozeane an Emotionen. Fühlt. Fühlt, bis ihr selbst darüber hinausgeht.

ʊ: Wir sahen euch dreifach. Jetzt seid ihr klein, aber die Samen aus denen ihr entsprungen seid, trugen besondere Zeichen. Das was kommt, kann befreien oder spalten.

W: Wer von euch ist?

ʊ: Wer von euch war?

S: Und wer wird sein?

[*Kurze Atempause*]

DK: Ich verstehe euch nicht. Also eure Worte höre ich, aber ihr Sinn bleibt mir verschlossen. Habt ihr das Haar meiner Freundin grau gefärbt?

S: Unwürdiges Kind. Du bist doppelt närrisch. Närrisch zu fragen, statt zu lernen, zu wachsen und unglaubliches wahr zu machen. Närrisch, weil du es überhaupt wagst zu fragen.

J: Wir waren vorhin bei euch. Aber diese Welt war so anders? Dieser gigantische Baum und die Kraft, die aus seinen scheinbar endlosen Wurzeln strahlte, waren unbeschreiblich. Nie zuvor habe ich so etwas gesehen, noch hätte ich es für möglich gehalten, jemals so etwas zu sehen. Das war unglaublich.

ʊ: Yggdrasil; das ist einer seiner Namen. Aber die Völker kennen ihn unter vielen Namen. Er ist der

Weltenbaum. Sein Saft fließt in deinen Venen, so wie in den Venen jedes Wesens.

S: Götter gibt es viele und mehr Göttinnen noch. Sie haben Welten gebaut und Himmel ohne Zahl. Insekten groß sind ihre Universen am Baume Yggdrasils. Sie sind die Blätter und sie sind zahllose, die wachsen und sprießen. Seine Äste jedoch sind wie Zeitströme. Sein Stamm und sein Wurzelwerk sind unbegreiflich für die menschliche Art. Denn sie sprengen alles, was ihr denkt und wie ihr denkt. Sie gehen über alles Menschliche hinaus und ihr müsstet mehr als nur Übermenschen werden, um sie überhaupt träumen zu können.

W: Manche Welten platzen wie Seifenblasen und noch schneller als manche Träume. Manche blähen sich auf, bis sie zerreißen. Aber halt; denkt nicht in Räumen. Denkt in Zeitströmen, auch jenen die mehr als einen stabilen Moment haben.

U: Fühlt die Elemente in euch. Sie formen alles. Ihre Zahl ist groß. Erforscht ihre Geheimnisse.

S: Feuer brennt. Wasser fließt. Die Luft rauscht und der Boden ruht still; das ist der erste Schritt, den ihr Kinder erkennen müsst. Doch die meisten schaffen nicht mal das. Die erste Stufe einer Treppe ist nicht die letzte. Nauthiz lehrt und fordert. Nauthiz ist die Not. Aber sie verbirgt die kostbarsten Schätze.

W: Lange Baumalleen. Wildes Gestrüpp. Ein alter Baumriese. Setz dich hin Junge. Setz dich an seinen Stamm, dort wo seine knorrigen Wurzeln aus dem Boden ragen. Öffne dich für ihn. Versuche mit seiner Aura eins zu werden. Verschmilz mit ihm! Verschmilz! Verschmilz!

J: Wie? Was soll ich? Wie kann ich?

W: Öffne deine inneren Grenzen. Reiß deine emotionalen Mauern ein. Lass deinen Geist eine Welle in einem spirituellen Ozean werden. Vereine dich mit der Welle, die der Baum ist. Es wird gelingen. Kehre dich nach innen und fühle!

J: Okay. Ich will es versuchen. [*Setzt sich hin, konzentrierte Handhaltung, Augen geschlossen. Seine Mimik zeigt, dass er mental hart arbeitet*] Ich fühle etwas. Wirklich, da ist etwas. Der Baum! Es ist der Baum. Er … Er… Er ist da. Ich fühle ihn. Wow. Da ist so viel Weisheit. Es ist unglaublich.

W: Bäume sind alte Wesen. Sie lebten auf der Erde, lange bevor die Menschen kamen. Die Menschen denken leider, ihr Schweigen ist eine Schwäche. Aber wenn du beginnst all den Lügen zu glauben, die Menschen täglich miteinander austauschen, dann würdest du verzweifeln. Du würdest beginnen, die Stille zu lieben. Nun dringe in ihn ein, wenn er seine Tore für dich öffnet.

J: Ja, da ist eine Öffnung! Da ist ein Licht. Es verbindet sich mit mir. Das ist Wahnsinn, aber es fühlt sich so ehrlich an.

U: Die Bäume sind ehrliche Wesen. Sie sind zart und sie fühlen ehrlich und rein. Leider macht sie das sehr verletzlich. Die stumpfen Menschen gehen an ihnen vorüber und begreifen ihr Wesen nicht. Sie roden sie ohne Skrupel, weil sie ihre Sanftheit missverstehen. [*J steht wieder auf*]

J: Er war so einfühlsam und sanft. Wir könnten viel von ihnen lernen.

S: Jeder Mensch beginnt sein Leben als ein hilfloses Wesen. Jeder von euch fühlt seine eigene Verletzlichkeit. Es ist eine Verletzlichkeit, die bleibt, solange ihr Sterbliche seid. Leider vergessen das einige Menschen und dann erwacht in ihnen Selbstsucht und Größenwahn. Sie halten sich plötzlich für unbesiegbar und unsterblich. Endet nicht so wie sie!

W: Wir werden euch Dinge sehen lassen, falls ihr bereit seid, euch den Schicksalsprüfungen zu stellen. Es werden mächtige Dinge sein, die euch Möglichkeiten eröffnen, die alles übersteigen, was ihr bisher erlangen konntet. Aber bewahrt euch euer goldenes Herz. Bewahrt euch eure Ehrlichkeit!

U: Schließt eure Augen Kinder. Ich will mit euch zu

eurem Anfang zurückkreisen.

[*K schließen Augen, Urd macht magische Handgesten*]

M: Da bin ich als Baby. Wie ist das möglich? Hört, wie ich schreie: Mutter? Mutter? Mutter? Hallo Mutter, hörst du mich? [*M hat Augen zu und scheint nach etwas zu greifen; greift ins Leere und stürzt zu Boden*]

J: Auch ich sehe meine Mutter, aber wieso kann ich sie nicht berühren? Mutter, hallo Mutter, hörst du mich? Mutter?

U: Wir sind nur Besucher. In mir ist Vergangenheit, doch sie ist nicht, sondern war. In euch lebt sie fort Kinder. Wenn ihr eure Mütter berühren, fühlen und lieben wollt, dann fühlt euch selbst. Liebt euch ohne einen Schatten an Zweifel. Liebt euch auf eine reine Art. Eure Mütter sind vergangen, so wie ihr gegenwärtig seid. Ihr könnt sie sehen, aber nicht direkt mit ihnen in Verbindung treten. Aber sie leben in euch fort. Lebt mit Würde und macht sie stolz.

[*Kinder sinken traurig zu Boden*]

S: Die Wahrheit ist groß und zerstört jede Illusion, wenn ihr sie zum ersten Mal seht. Was auch immer ihr dachtet zu sein, war nur Schein. Das Sein im Dasein ist, aber nichts davon ist das, was ihr jemals dachtet, das es sei.

W: Erhebt euch. Ich ernähre euch! Aber erkennt endlich, was wirklich ist und seht was nicht so ist, wie ihr dachtet, das es sei.

Kommt an meine Brust und nährt euch. Von allem, das die Welt zu bieten hat, will ich euch geben. Zögert nimmer mehr und nehmt in Fülle. Stärkt euch. Sammelt Kräfte. Ihr werdet euch großen Prüfungen stellen müssen. Also lasst mich euch stark und unbesiegbar machen. [*Nimmt Kinder in den Arm*]

Ʊ: Stolze Frauen schreiten mit erhobenem Haupt. Ihre Schalen sind hart geworden, aber ihre Herzen lodern heiß. Die Welt hat sie rau gemacht. Dort draußen tobt ein ewiger Kampf ohne Gnade. Nur ihre stahlharte Schale schützte ihr liebendes Herz. So war auch deine Mutter. Denn hinter ihrer Rauheit und Strenge liebte sie dich abgöttisch.

M: Ich weiß oder habe es zumindest immer gehofft. [*Betrübte Gestik*] Tief in mir wollte ich es immer glauben. Unser Leben war hart und voll von Entbehrungen. Ihren Körper musste sie verkaufen, sonst hätten wir nichts zu Essen gehabt. Jetzt wo ich an sie denke, vermisse ich sie so sehr. Das Arschloch, dass sie vergewaltigte und umbrachte, würde ich am liebsten auch umbringen.

W: Lass nicht zu, dass dein Herz von Rache vergiftet wird. Bewahre dir die Erinnerung an eure Jahre. Das ist dein kostbarster Schatz. Schwöre dir in ihrem

Namen dein Bestes zu geben und zu beweisen, dass sie die Erschafferin einer herausragenden Tochter ist.

ᛞK: Auch mein Leben war hart. Auch ich vermisse meine Eltern. Sie sind längst gestorben. Der giftige Dreck aus der Fabrik, in der sie arbeiten mussten, hat sie krank gemacht. Erst kam der blutige Husten, dann der Haarausfall und die Magenkrämpfe. Kaum einige Monate später starben sie kurz hintereinander. Nun habe ich nur noch meine Großmutter. Aber sie ist alt und bald werde ich ganz allein auf der Welt sein. Die Welt ist so ungerecht.

ᛟ: Das ist sie und war sie seit langer Zeit. Vielleicht wird es eines Tages in Skuld anders sein. Die zerstörten Träume, die verblassten Hoffnungen und geplatzten Illusionen so vieler Milliarden sind in mir. Elend strahlt die Vergangenheit. Nauthiz, die Not, lehrt die harten Lektionen des Schmerzes und des Verlustes. Nauthiz ist eine große Lehrmeisterin. Wo sind die Schülerinnen, die durch die harten Lektionen zu neuer Größe wachsen? Wo ist der Phönix?

ᚹ: So war und ist es. Noch immer warten wir auf die Generation, die es ändern wird. Jene Wesen, deren Mut und Willensstärke den goldenen Sonnenaufgang einleiten wird.

ᛃ: [*Spricht verwundert*] Bin ich der einzige? Ihr beide habt enorm gelitten. Mich hat es erschreckt von eurem traurigen Lebensweg zu erfahren. Mein Leben war anders. Einfach. Reich beschenkt. Erst jetzt wird mir klar, wie viel Glück ich hatte. Aber ich lief davon. Ich hab´s nicht mehr ertragen. Die Schule, der Druck, die Pflicht; ich wollte einfach frei sein.

S: Du ranntest, aber du bist nur vor dir selbst weggerannt. Egal, wie weit du rennst. Dein Selbst wird dich immer wieder einholen, denn du kannst vor dir selbst nicht weglaufen. Aber du kannst reifen und über dich hinauswachsen.

W: Alles wäre so einfach ohne eure ständige Angst. Aber ihr Menschen seid getrieben von Paranoia und Neurosen und handelt aus Habgier und Hass. Am Ende treibt ihr euch selbst in den Abgrund. Aber ihr Kinder seid noch nicht verloren. Ihr seid jung und könnt lernen. Wir geben euch eine Chance, es besser zu machen. Hier und jetzt nehmt meine Hand und ihr werdet mit heilen Herzen im Morgenland tanzen. [*Sie berührt mit ihrer Hand den Kopf jedes Kindes*] Jeder träumt, jeder fantasiert und wünscht. Ihr auch! Träumt besser als die, die vor euch von mir gestillt wurden. [*Sie schmeißt jedem Kind einen Snack zu und die Kids essen ihn*]
Eure Träume prägen eure Instinkte und euer Unterbewusstsein. Also träumt Träume, die es wert sind, geträumt zu werden. Schmückt eure Träume mit den schönsten Wundern aus und dann lebt sie. Lebt eure Träume. Lebt euer Traumleben. Es kann wahr

werden. Also zerschneidet eure Zweifel: träumt groß, träumt heilig und lebt euren Traum.

S: Malt die Welt bunt. Das wäre ein guter Anfang. Denn bunt wirkt alles viel schöner. Wäre es nicht wundervoll, wenn die Welt in schönen Farben leuchten würde.

U: Eine glückliche, farbenprächtige Welt zu schaffen, ist ein lebenswerter Traum.

DK&M: Das stimmt! Kommt lasst uns sie anmalen. Lasst uns die Pinsel nehmen und dann malen wir alles kunterbunt. Das wird ein großer Spaß! [*Kinder nehmen sich die Pinsel und malen auf ein aufgespanntes Laken bunte, abstrakte Bilder; einige Zeit fürs Malen verstreichen lassen*]

S: Schwestern mein, so soll es sein! Hier ihr Sterblichen aus dem Heuteland nehmt meine Hand und tanzt mit mir. Ihr nennt mich eure Zukunft, euer Morgenland. Ihr träumt von mir am Tag und in der Nacht. Jetzt nehmt schon meine Hand und tanzt! Tanzt mit mir bis zum letzten Sonnenaufgang. [*Sie tanzt in schwarzem Gewand. Dann wirft sie es ab und trägt darunter ein glitzerndes Regenbogenkleid. Abwechselnd nimmt sie jedes Kind und dreht sich im Kreis*]

W: Anmutig kreist sie. Kein Sonnenstrahl könnte schöner scheinen. Sie dreht sich, springt, landet und besticht mit reinster Perfektion in ihren Bewegungen, die schöner strahlen als alles Sonnenlicht. Sie reicht euch ihre Hand. Nehmt sie! Nehmt sie und tanzt. Kleine Schwester tanz mit ihnen. Tanz mit der ganzen Welt im goldenen Sonnenaufgang. Tanz endlich die Welt besser!

S: Seht ihr es nicht Schwestern? Seht ihr es nicht Sterbliche? Ich biete euch alles im Morgenland. Alles! Wirklich alles! Auch das schönste Paradies, dass besser als der Himmel jedes Gottes ist.

U: Ihr Strahlen versöhnt die endlose Dunkelheit. Sie schmiegt sich an die Enttäuschten, belebt die Verzweifelten neu und gibt den Hoffnungslosen neue Hoffnung, um zu träumen.

S: Wieder will ich tanzen und lachen. Doch Menschen wisset, ob es eure Spezies ist, die mit mir tanzt und erstrahlt im endlosen Glück, wird sich erst noch zeigen.

U: Leider seid ihr Menschlinge getrieben von Habgier und Kleingeistigem. Solche Makel begrenzen euch und eure immerwährende Intoleranz, führt eure Spezies niemals ins goldene Morgenland endlosen Friedens und Wohlstands. Aber sie führen euch in immerwährende Schleifen aus Kriegen und Katastrophen. Also bleibt wie ihr seid und leidet, wie ihr seit Jahrhunderten leidet.

W: Wandel ist unausweichlich. Das ist das Gesetz der Zeit. Aber ob er euch Glück oder Elend bringt, dass bestimmt ihr mit eurem Schicksalskampf. Ihr bestimmt es, indem ihr euch eurem Schicksal stellt. Ihr müsst euer Schicksal annehmen. Seht in die Geschichte. Seht die, die Großes vollbracht haben. Erkennt; es ist unausweichlich. Auch ihr müsst euch durch Blut und Schweiß zum Bestmöglichen hocharbeiten.

S: Auch Finsternis wartet in mir. Fürchtet euch davor. Ich sehe Wesen aus Reagenzgläsern, die von Maschinen erzogen werden, die dann ihr Blut trinken. Da sind Tiere im Stahl und Menschen in Käfigen und sie alle leben auf nackten Betonböden. Die Kinder Yggdrasils leiden unter endlosen Schmerzen. Doch das schönste Sonnenlicht könnte für euch Menschen scheinen, genau wie für die Birken und Eichen und all meine schönen Sumpffarne und Wiesenblumen.

W: Wohin weht der Weltenwind? Bläst er die Kerze der Hoffnung aus? Oder werden die Kinder der Erde ein Schutzglas errichten, damit in ihm die Flamme der Hoffnung überdauern kann?

J: Was wird aus mir werden? Ich bin weggerannt und habe all diese verbotenen Sachen gemacht. Wie könnte ich zurückgehen und Versöhnung erwarten? Ich liebte meine Familie. Aber ich ertrug sie nicht mehr, denn ich liebte mich nicht.

W: Wahrheit verspricht Heilung. Diese Macht wohnt der Wahrheit inne. Aber zuerst musst du zu dir selbst ehrlich sein.

U: Wähle den Weg der Wahrheit. Er beinhaltet auch Reue über deine eigenen Fehler. Leider gibt es viele, die nie bereuen. Sie belügen jeden, einschließlich sich selbst und sie laufen vor ihren Fehlern davon. Alles was sie tun müssten, ist innezuhalten, ihre Fehler offen bekennen und um Vergebung bitten. Denn das ist der Weg der Wahrheit, aber er erfordert Größe.

J: Ich will und kann doch nicht! Ich bin es nicht wert. Wie konnte ich so falsch liegen und alles vermasseln.

U: Kind, du siehst deine Tage, aber du siehst nicht die Tage, aus denen sie kamen, lange bevor du warst. Du siehst nicht das Fließen der Tage, zu denen sie werden.

S: Am Tag deiner Geburt wurden Zeichen eingeritzt und Fäden gesponnen. Magische Einsen und Nullen versprachen Größe. Jetzt stehst du hier. Dein wahrer Weg beginnt gerade erst.

U: Der Algorithmus des Schicksals rattert.

W: Ja, jetzt brauchst du den Zweifel. Aber zweifele nur an deiner Schwäche. Zweifel den Zweifel selbst an. Zweifel deine Selbstlügen an.

J: Aber, wie kann ich aus dieser Sackgasse

herauskommen. Immer, wenn ich es versuche, wird es noch chaotischer.

S: Sieh wie alles Mustern folgt und das Chaos dennoch unabwendbar ist. Aber das ist nicht schlimm, wenn du nur mit dem Chaos zu tanzen weißt.
Chaos ist eine Chance. Also Kinder, tanzt mit ihm!
[*Zum Publikum*] Auch ihr dort tanzt mit dem Chaos. Erhebt euch und tanzt. Scheut euch nicht zu tanzen. Vergesst die Leute um euch herum. Ihr selbst zählt, also tanzt einfach. Tanzt mit dem Chaos! Es ist der Wandel selbst. Es umarmt und wärmt, auch wenn es unbestimmbar bleibt. Es eröffnet Möglichkeiten und gebiert wahre Größe. Lernt mit dem Chaos zu tanzen!
[*Wieder zu Junge*] Komm Kleiner nimm meine Hand. Ich lehre dich mit dem Chaos zu tanzen. [*Skuld nimmt sich einige Momente und zeigt ihm Tanzschritte. Er macht sie nach und sie tanzen zusammen*]

M: Seid ehrlich zu uns, warum habt ihr uns hierher gebracht? Welche Aufgaben wollt ihr uns geben?

U: Wir wollen nichts Mädchen. Wir sahen eingeritzte Zeichen, die vibriert haben. Wir zeigen euch, was möglich sein könnte. Aber das heißt nicht, dass wir euch Aufgaben übergeben. Denn ihr selbst müsst euer Schicksal wählen. Aber selbst wenn ihr es annehmt, kann es bedeuten, dass ihr scheitert. Eure Chancen sind gigantisch, aber die Entbehrungen sind genauso groß. Wir werden sehen, ob ihr den Prüfungen gewachsen seid.

M: Von welchen Prüfungen sprichst du?

U: Seid ihr bereit für das Ritual?

DK: Welches Ritual?

S: Das Ritual eurer Schicksalsprüfungen.

M: Ich bin es!

DK: Wieso sagst du das? Du hast doch keine Ahnung, worum es in diesen Prüfungen geht. Macht dir das keine Angst?

M: Ich fühle es. Ja, ich bin bereit!

J: Ich will auch bereit sein. Vielleicht kann ich so meine Schuld begleichen.

[*Nornen nehmen Trommeln und beginnen zu trommeln*]

S: Tanzt mit uns im Reigen. Fühlt die Magie und lasst euch vom Rhythmus treiben, bis er euch in Trance versetzt!

[*Alle tanzen und die Nornen trommeln. Dazu tönen alle im rhythmisch, schamanischen Singsang. Erst tanzen sie langsam. Dann werden sie wilder und schneller mit trance-artigen Tanzgesten. Trommeln stoppen nach einiger Zeit und die drei Kinder fallen zu Boden. Chaotische, elektrische Klänge beginnen. Laut, dann leiser werdend bis Stille einsetzt. Die*

Kinder werden mit Decken bedeckt. Erst stille Unbewegtheit, dann beginnt langsames Schütteln unter einer Decke. Entspannte Musik setzt ein. Unter einer Decke erhebt sich ein Kind. Es nimmt die Decke ab und schreit:]

M: Ahh! Dieser Schmerz! Diese Welt! Wo waren wir und wieso waren die anderen nicht bei mir?

O: Sie sind noch dort. Du hast die Prüfung bestanden, aber sie kämpfen noch um ihr Schicksal.

M: Aber ich verbrannte! Es war so schmerzhaft.

W: Du bist aus der Asche neu auferstanden. Du bist zum Phönix geworden.

M: Ich erinnere mich. Ich war wieder arm. Aber ich hatte den Wald hinterm Haus. Er gab mir alles, was ich brauchte. Besonders liebte ich seine Früchte und Kräuter. Aber der Priester des Dorfes mochte es nicht. Er hatte Angst, es würde seine Macht zerstören. Er begann den Menschen im Dorf Lügen über mich zu erzählen. Er wurde immer dreister und hetzte sie gegen mich auf.
Die Dorfbewohner begannen mich eine Hexe zu nennen und riefen, dass ich eine Hexe sei, die mit den Dämonen des Waldes verkehrte. Sie glaubten, ich hätte furchtbare Zauberkräfte und wäre eine große Gefahr, obwohl sie mich schon lange kannten und es hätten besser wissen müssen. Aber der Priester log

einfach zu gut.

Dann kamen sie. Es war eines Abends. Ich hatte sie schon von weitem gehört. Ich wusste sofort, dass sie kamen, um mich zu holen. Also lief ich in den Wald. Dort hoffte ich, zu entkommen. Aber sie hatten Hunde und unter ihnen waren auch erfahrene Jäger. Sie fingen mich ein und schleiften mich gefesselt ins Dorf. Am schlimmsten dabei waren ihre Augen. Im Schein der Fackeln sah ich darin den blanken Hass lodern.

Im Dorf versammelte der Priester alle Dorfbewohner um sich. Er hielt eine böse Rede gegen mich. Immer wenn ich mich verteidigen wollte, schlugen sie mir hart ins Gesicht. Der Priester beschuldigte mich schlimmster Verbrechen und die Menschen glaubten ihm. Ich verstand nicht wieso. Keinem von ihnen hatte ich je etwas böses getan oder sie bestohlen. Aber sie hassten mich und wollten meinen Tod.

Es war schon dunkle Nacht, als sie mich an einen Holzpfahl banden. Sie legten Äste und Reisig aus. Die Menge grölte, als der Priester den brennenden Scheit zu meinen Füßen niederwarf.

Dann begann der Schmerz. Es begann an meinen Füßen. Es war grauenhaft. Meine Haut schien wirklich zu brennen. Ich konnte spüren, wie Blasen entstanden. Dann kam der Rauch. Während das Feuer an immer mehr Stellen meines Körpers brennenden Schmerz verursachte, raubte mir der Rauch die Luft zum Atmen.

Bis dahin hatte ich laut geschrien. Doch jetzt begann ich zu husten. Dann verschwamm alles. Ich rang immer stärker nach Luft. Aber der Rauch kratzte in meinem Rachen und mir wurde schwindelig. Ich begann ohnmächtig zu werden.

Kaum hatte ich das Bewusstsein verloren, weckte mich der brennende Schmerz des Feuers wieder auf; nur damit ich kurz darauf wieder ohnmächtig wurde. Ich weiß nicht, wie lange das ging. Aber es kam mir wie eine Ewigkeit vor.

Ʊ: Schmerz streckt die menschliche Zeitwahrnehmung.

W: Schmerz lehrt jene, die ihn wirklich vermeiden wollen. Diese Vermeidungsstrategien zu finden, macht sie jedes Mal klüger. Es braucht enorme Weisheit, um den Fangfallen des Schmerzes zu entgehen.

M: Jetzt bin ich hier. Also was war das? War das ein Traum oder eine Vision, die ihr mich sehen lassen habt?

Ʊ: Alles war wahr! Du warst da und jeder Schmerz war real.

M: Aber wie? Wir drei waren vorher hier und dann war ich dort und jetzt wieder hier. Aber dort kam es mir vor wie ein ganzes Leben.

U: Zeit ist ein uraltes Ritual, dessen Ausführung wir Nornen uns zur Aufgabe gemacht haben.

M: Leiden die anderen genauso schrecklich wie ich dort in meinem kleinen Dorf?

W: Das wissen nur sie selbst. Die Prüfungen sind hart, besonders für die, die so wie du nach dem Höchsten streben. Doch jedes Wesen wählt seine eigenen gemäß ihrem Willen. Glaube es oder nicht, aber etwas in dir zog dich in die Welt, in der dein kleines Haus am Waldesrand stand und sie dich als Hexe verbrannten.

S: Wir haben das Ritual in Gang gesetzt. Aber wir lassen ihm freien Lauf. Jedes Wesen bleibt selbstbestimmt. Dein Wille webt deine Schritte, die dich durch die Zeit tragen. Deine eigenen dunklen Schatten führen dich in die Dunkelheit und dein goldenes Herz ins leuchtende Paradies. Also frage dich, warum war das deine Prüfung? Was musstest du dort lernen? Warum wolltest du dich diesem Hexenjäger stellen?

U: Der Phönix ist ein magischer Vogel. Er verbrennt und jedes Partikel seines Körpers verwandelt sich in Asche. Dann erhebt er sich aus der Asche und belebt sich wieder. Er ist derselbe Vogel wie zuvor und zugleich hat ihn das Feuer verändert.

M: Ja, ich bin wie dieser Phönix. Mein ganzes Leben

bestand aus harten Kämpfen, von denen ich viele verloren habe. Ich bin oft zu Boden gegangen. Immer wieder musste ich aufstehen und erneut kämpfen, wenn ich nicht untergehen wollte. So war es bevor meine Mutter starb und danach wurde es noch härter. Es war zwar kein echtes Feuer, aber es fühlte sich oft an, als ob sie mich verbrennen wollten.

S: Der Phönix ist ein magisches Tier. Seinem Flug sah ich oft zu und jedes Mal war ich begeistert. Sein Flug ist majestätisch. Er lässt sich nicht von der Welt unterkriegen. Selbst wenn sie ihn zerstört, gibt er nicht auf. Wenn ihn Feuer verbrennt, nimmt er es nur als neue Quelle für seine Kraft.

M: So will ich euer Phönix sein.

S: Das wirst du!

W: Ja Kind, werde unser Phönix, aber glaube nicht, dass dieses Feuer schon das Heißeste war. Es warten größere Prüfungen. Es werden heißere Flammen an deinem Körper nagen.

M: Ich werde nicht aufgeben. In mir spürte ich immer etwas. Jedes Mal wenn ich zugrunde ging, wurde es lauter. Es ist wie eine Kraft, die sich von den schmerzenden Flammen der Niederlagen nährt.

U: Bei vielen Geburten zeigen sich besondere Zeichen oder es erscheinen magische Symbole. Bei dir zeigten sich alte Runen gebunden zu einer

Binderune. Sie versprachen ein besonderes Schicksal.

S: Leider werden nur wenige den Vorzeichen ihrer Geburt gerecht. Denn mit ihrer Geburt entstehen zahlreiche Chancen und großes Potential. Traurigerweise streben zu wenige mit ganzem Herzen danach, ihr Schicksal zu erfüllen. Ich bin die Enttäuschungen leid. Zu oft hoffte ich auf ein Schicksalskind. Zu oft scheiterte es. Wie wird es bei dir sein?

W: Streben erfordert Kraft und Anstrengung. Zu viele werden leicht träge und geben sich der Faulheit hin. Aber sie vergessen den Preis. Denn es bringt großen Gewinn, den Schicksalsweg selbst gegen alle Widerstände hinauf zu streben. Sie vergessen, dass auch Faulheit einen Preis fordert. Nach ihrem Tod werden die Mutigen und Strebsamen Einlass in den Hallen mächtiger Götter wie Freya und Odin finden. Aber was glaubst du, erwartet die Faulen nach ihrem Tod?

M: Ich will nie wieder faul sein! Da ist eine besondere Kraft in mir. Jetzt weiß ich, dass sie immer da war. Aber bevor ich dort im Dorf verbrannte, habe ich sie nie wirklich gespürt.
Wisst ihr, als ich dort am Pfahl verbrannte und der Schmerz mich auffraß, da habe ich mich immer weiter in mich selbst zurückgezogen. Erst wurde es immer kleiner und dunkler. Aber dann war es, als ob

sich ein Tor öffnete. Dahinter lag eine gigantisch, große Welt. Ich habe nicht gewusst, dass all das in mir verborgen liegt. Es war, als ob ich mich zum ersten Mal wirklich selbst erkannt habe.

Erst der tiefe Blick in mich rein hat mir gezeigt, wie viele Möglichkeiten und Kräfte ich besitze. Jetzt da ich das weiß, werde ich nie wieder zweifeln!

Ich weiß auch endlich, was mein Schicksal ist. Ich will für die Kinder dieser Welt kämpfen. Denn meine beiden Freunde und ich hätten eine bessere Welt verdient gehabt.

Die gesamte Macht meines Willens werde ich einsetzen, damit nie wieder Kinder wie wir leiden müssen! Ich werde es euch und der Welt beweisen! Jeder da draußen wird sehen, wie ich mein Schicksal erfülle. Ich tue es, damit die Kinder von morgen glücklicher sind. Das ist mein Traum! Das ist mein Schicksal! [*Mädchen reckt Faust gestreckt nach oben in epischer Pose. Die drei Nornen halbknien zu den Seiten des Mädchens und strecken ihre Arme dem Mädchen entgegen*]

3. Aufzug: Schicksal

[*Die Bühne ist leer und alles ist schwarz. Ein einzelnes Wesen mit gesichtsloser, weißer Maske ist da. Auf der Stirn ist die Rune Nauthiz aufgemalt. Es kniet und hält einen Lichtschein in der einen Hand und ausgestreckt die andere hin zum Publikum. Es sitzt anfangs nur stumm da. Im Hintergrund spielt Musik, die immer leiser wird. Dann herrscht kurz komplette Stille, bevor es spricht:*]

𝕬: Wer bin ich? Das frage ich wirklich. Bin ich der kleine Held? Bin ich die Frau in Not, die sich mit aller Kraft durch ein hartes Leben kämpft? Bin ich der hungernde Straßenjunge, der etwas zu essen stiehlt? Das sind Fragen, deren Antworten mich stumm machen. Nun bin ich zweifelsfrei hier und frage euch: [*Zum Publikum*] wer seid ihr? Denn was bin ich anderes als ein Teil von euch. Was seid ihr anderes als ein Teil von mir. Aber wenn ich nicht weiß, wer ich bin und was mein Schicksal ist und wenn ihr es auch nicht wisst: sind wir dann verloren? [*Aus dem Dunklen hinten knistert es. Die drei Nornen kommen heraus. Das Wesen dreht sich um, steht auf und erschrickt*]

𝕬: Wie? Was? Wer seid ihr?

𝖀: Drei Fragen und die drei Antworten waren, sind und werden sein.

A: Was? Ich versteh nicht? Ihr sprecht in Rätseln.

W: Hier bin ich und jetzt mit dir, also folge mir und lass nicht los, sonst verschlingt dich das Gesternland. Du kämpfst jeden Tag für ein Stück Brot. Du leidest in endloser Not. Doch lass dir gesagt sein, niemand litt mehr als unsere Urd. Sie trägt die Last, die endlose Vergangenheit ist.

A: Kamt ihr, um mich wegen meines Unglücks zu verspotten?

S: Niemals Freund, das wären wir nicht. Versteh unsere Sprache nur recht und du verstehst den Lauf der Zeit. Lerne endlich die Dinge zu verstehen, die dich in deinen Abgrund geführt haben. Ergreife unsere Hand. Wir wollen dir den Ausweg zeigen.

U: Noch bist du schwach, aber nimm Werdandis Hand und erhebe dich erneut. Eines Tages wirst du wieder lachen und tanzen. Die ganze Welt wird vom Strahlen deines neuen Glücks geblendet sein.

A: Wie könnte das jemals geschehen? Ich bin allein. Alles ist verloren und die, die ich dachte zu kennen und denen ich vertraute, kehrten sich von mir ab. Seit sie weg sind, kam Dunkelheit in mein Leben. Also spottet nicht. Es gibt keinen glücklichen Morgen. Es wartet kein goldener Sonnenaufgang auf mich.
[*E kommt aus der Dunkelheit nach vorne*]

E: Das kleine, zerbrochene Leben des Helden wiegt

schwer. Er ist einsam gestrandet. Er zerbrach allein und wurde von der Welt vergessen. Er vergaß sogar seine eigene Größe und zweifelte an der Macht, die ihm in die Wiege gelegt wurde. Die Nornen würden ihm gern seine Größe zeigen, aber dann wird er nicht das Wesen, das er sein muss. Er muss diese Größe allein entwickeln. Denn er muss dieses Wesen werden, weil die Welt darauf wartet, dass er sein Schicksal erfüllt.

Zusammen mit der Welt warten auch die Nornen. Sie warten Jahr für Jahr. Sie haben Jahrhundert um Jahrhundert gewartet. Zeit rinnt dahin. Schicksale sind eingeritzt. Aber alles folgt dem freien Willen. Denn der Held fällt, um sich wieder erheben zu können. Er begehrt auf. Stumm erklingt der Ruf des mehr Wollens. Er belebt sein eigenes Wesen nach der Katharsis erneut. Er stürmt mit aller Kraft gegen das Unheil an.

Dann ist da noch sie! Seht zu ihr in die Ferne. Dort lebt die kleine Heldin. Sie fliegt wie der stolze Phönix ohne Angst und ist nur auf ihr Schicksal konzentriert. Ihr Anmut und ihr reiner Willensfluss haben sie aus der Asche erhoben. Trübsal und Not lehrten sie, über sich hinauszuwachsen. Das Feuer verbrannte sie, aber sie erhob sich erneut. Sie geht. Sie besteht. Sie webt bessere Tage mit der Kraft ihres Herzens. Ihr Schicksal wird die Welt schöner zaubern.

Bevor wir uns dem Gestrandeten hier wieder zu

wenden, schließt eure Augen. [*Zum Publikum sprechend, dann Pause*] Ja, ich meine euch: schließt eure Augen!

Schaut tief in euch rein. Seht genau, wer es in euch ist, der sieht. Was ist es in euch, das sieht und versteht? Schaut genau nach, denn da muss Größe sein. Vertraut mir! [*Lauter werdend*] Ergreift sie! Schmiedet sie. Formt sie! Fühlt euch gestern. Fühlt euer jetzt. Fühlt das Schicksal, dass auf euch wartet und beginnt endlich es zu leben!

[*Einige Momente warten, dann langsam alles abdunkeln. Die Bühne ist leer, außer Licht in Hand von A. Es kniet wieder mit weißer Maske auf dem Boden*]

𝕬: Wie kann ich das Unheil abwenden? Wie kann ich allein sie und uns alle retten? Ja, ich habe es ihr versprochen, aber hört wie ich zweifelte, zögerte und zurückwich.

[*A nimmt die Maske vom Gesicht. Gesicht ist darunter schwarz angemalt*]

Seht, wer ich geworden bin! [*Hält Maske sitzend und starrt sie intensiv an. Plötzlich springt es auf, hält die Maske ins Publikum und schreit:*] Seht! Schaut mich genau an! Das ist aus mir geworden! [*Wendet sich betrübt ab. Sinkt zu Boden. Kurze Pause mit abnehmenden Licht, dann greller Knall und drei Lichtkegel leuchten auf die drei Nornen. Licht erst*]

66

grell, dann normalisierend. A bleibt mit gesenktem Kopf sitzen]

☾: Ist die Nacht dunkel und dein Herz trüb, dann stell dich dem Feind, dessen Name Angst ist. Er lässt dich zweifeln und hält dich ab, zu wahrer Größe heranzureifen. Mit Lug, Tricks und Trugbildern erschreckt er dich und bereitet dir Bauchschmerzen. Stell dich ihm! Sieh ihm ins Gesicht. Zerstöre all seine Trugbilder und Schaumblasen. Nimm ihm alle Macht, die er über dich hat.

W: Du fragst nach dem Sinn. Du stellst die Fragen nach dem Ursprung des Seins. Beginne mit dir und deinem Schicksal. Ergründe deine wahre Bestimmung. Glaub nicht an das Fatale und Unausweichliche. Es ist harte Arbeit. Erfülle die Größe, die in dir verborgen liegt mit Leben. Erfülle dein Schicksal und du wirst alle Antworten erhalten.

☾: Selbstlügen sind dein Grab kleiner Held und diese jämmerliche Sehnsucht nach Dingen quält dich und raubt dir den Schlaf. Wie so viele Menschen dort draußen beraubst du dich selbst mit deiner Erbärmlichkeit. Befreie deinen Geist vom Kleingeistigen und höre auf kitschig, romantischen Tagträumen und Allmachtsfantasien hinterherzulaufen. Selbst wenn sie wahr würden, wären sie nicht der Weg zu einem erfüllten, glücklichen Leben.

A: Woher wisst ihr? Wie tief könnt ihr in mich reinschauen? Kennt ihr alle meine Geheimnisse und Träume?

S: Du bist ein offenes Buch. Auf deiner Nasenspitze kann jeder dein Innerstes lesen, der nur ein bisschen in der Kunst des dritten Auges geschult ist.

A: Ja, ich zweifelte. Wie könnte ich nicht? Im Angesicht ihrer Technik, ihrer gigantischen Maschinerien mit denen sie uns wie Marionetten dirigieren, zweifelte ich selbstverständlich. Wie könnte ich ihnen etwas entgegensetzen?

U: Andere vor dir hatten größere Gegner und wagten es doch. Sieh in mich und lies ihre Geschichten. Ja, einige scheiterten, aber ihr Mut ehrte selbst ihren Tod. Manche gewannen und sie erlebten viele gute Jahre. Sie haben endlos vielen Wesen Glück gebracht.

A: Wie könnte ich handeln wie die Helden und Walküren? Seht wie tapfer und mutig sie waren. Generationen erzählen ihre Geschichten. Sie erzählen, wie sie sich mutig gegen Unterdrückung und Ungerechtigkeit erhoben haben und ihre Leben riskierten, um anderen zu helfen.

U: Du siehst nur das Ende, nur das Ergebnis, das was am Ende bleibt. Doch jedes dieser Wesen stürzte oft tief, verzweifelte und war dem Aufgeben nah. Viele von ihnen fielen noch tiefer als du.

S: Hoffnung ist gerechtfertigt, aber nur realistisch, wenn du mit harter, ausdauernder Arbeit danach strebst. Die falschen Schicksalsjäger sind naive Träumer. Sie träumen von einem Schicksal, dass auf sie wartet. Die wahren Helden und Heldinnen aller Zeiten, jene die wahres Schicksal ergriffen haben, sind es, die selbst nach der tausendsten Niederlage weiterschreiten, bis sie zum Legendären durchbrechen.

W: Was zählt, sind harte Arbeit und der Kampf gegen alle Widrigkeiten. Schufte am Tag und in der Nacht. Erhebe dich früh und gib dein ganzes Herzblut hin, bis du erschöpft in den Schlaf fällst.

U: Dein Schicksal wird dich quälen, wenn deine Zeit sich dem Ende neigt und du die Chancen und Gaben, die du besitzt – die jeder besitzt – nicht nutzt. Größe wartet in jedem Wesen darauf, geboren zu werden. Schau auf dein eigenes Universum! Sieh, wie klein es an seinem Anfang war. Hätte es gezweifelt und wäre nicht zur Größe gereift: wo wärst du jetzt? Aber genau dieses Universum steckt in dir! Seine Macht belebte dich. Seine Macht kann dich über dich selbst hinauswachsen lassen.

S: Willst du jetzt so leben, dass dein Morgen auf dich herabblickt. Willst du dich vom Heute so einnehmen lassen, dass du denkst, es gibt kein Morgen und kein Gestern mehr. Heute wirkt absolut. Aber es ist leer, wenn Gestern und Morgen nicht sind. Sieh nicht auf die, die jetzt sind und denke nicht, dass sie dich sehen, wie du jetzt bist. Lebe so, dass du der Held im Morgen bist. Werde der große Befreier. Sei der, der zurückblickt und sagen kann: ich habe aus dem Herzen gelebt. Ich habe das richtige getan und mit Güte und Liebe gelebt.

A: Ja. Ja. Ich will und ich bereue! [*A fällt auf die Knie und vergräbt sein Gesicht in den Händen*]

O: Dein Weg ist noch weit. Er ist so lang wie der Weg derer vor dir. Sei dir sicher, einige haben ihn vollendet, weil sie aufhörten auf die kleine Stimme in ihrem Kopf zu hören, die immer alles in Zweifel zieht.

W: Zweifel hemmt dich nur! Wenn andere es schaffen, dann kannst du es auch. Aber du hältst dich für geringer als sie. Aber wahre Größe wartet in jedem Wesen darauf zu erwachen. Wahre Macht ist keine äußere Erscheinung. Es ist die Fähigkeit eins mit dem Wandelgang der Welt zu werden.

S: Verkenne nicht das kleine Glück etwa eines Schmetterlings, aber übersieh auch die Zusammenhänge nicht, wenn sein Flügelschlag einen Orkan auslöst. Klein einst war dieses Universum. Sieh, wie es gewachsen ist. Sieh, wie es reift und gebiert.

W: Die Welt wandelt in Materie und Energie. Doch in dir ist mehr. Da ist noch eine höhere, umfassendere Wahrheit. Aber kein Wesen wird diese Wahrheit erleben, ohne nicht die Welt aus Materie und Energie zu meistern. Sieh die vier Elemente, die dich formen. Sieh! Fühle! Spüre alles! Versenke dich und löse dich auf in ihrem endlosen Raum. Tanze dich in Trance. Löse deine Gefühle für den grobstofflichen Körper auf. Fühle dich als reinen Geist und reise in deiner Fantasie in ferne Welten.

O: Rollenbilder sind eure wahre Kleidung. Ihr scheut euch, nackt zu sein. Euer wahres Selbst verachtet ihr insgeheim. Also näht und schneidert ihr euch schöne, neue Rollen, die ihr euch überstülpt. Indem ihr euer wahres Selbst verleugnet, lebt ihr eine Lüge. Wie viele von euch sind eine lebende Lüge? Wie viele? Guckt in euer Spiegelbild. Seid ihr das oder die Rolle, die ihr für die Welt spielt? Liebt ihr aus der tiefen Wahrheit eures Herzens oder verbiegt ihr euch für andere, denen ihr euch unterlegen fühlt?

S: Was wir sind und wie wir sind, entscheidet meist das Spiegelbild in den Pupillen anderer. Du bist dir selbst ein Fremder in der Rolle, die du spielst. Doch wer bist du, wenn du nur das bist, was sie erwarten?

W: Berühre dein Gesicht!

A: Was? Wieso?

W: Tu es!

[*A berührt sein Gesicht*]

W: In dir entstehen Druckgefühle und Wärme und verwandeln sich in Emotionen. Es sind bewegte Energien. Es entstehen Verwirrtheit, Vertrautheit, Liebe und Angst. Es gibt einen alten Lehrpfad der Reife. Es ist der Pfad auf dem du deine Gefühle meisterst. Noch kontrollieren dich diese Energien. Angst und Zweifel treiben dich vom einen zum nächsten. Wenn du gelernt hast, nicht mehr ihr Sklave zu sein, dann kannst du sie gleichzeitig voll annehmen. Jetzt kannst du beginnen ihre gewaltige Kraft zu nutzen. So erweckst du deinen inneren Heldenmut. Er ist es, der dich Großes vollbringen lässt.

U: Fühle dein Gesicht erneut! [*A tastet sein Gesicht ab*] Sie sehen deine Hülle, aber du fühlst dein Innerstes. Verwechsel beides nicht. Wandelgänge winden sich und offenbaren unerwartetes. Ein altes Gesicht, das du nicht mehr bist, wird zu einem neuen Mensch, der verändert und gereift ist. So sprießt das Schicksalskind, wenn es seinen Schicksalsweg wirklich annimmt.

W: Die wahre Macht kommt aus der Tiefe. Diese Macht lenkt die Welt unsichtbar. Diese Macht wirkt in jedem Wesen. Also schau tief in dich rein, bis du das

Wirken dieser Macht in dir gefunden hast!

S: Zeigt ihm die Macht der Runen. Zeigt ihm die Macht heiliger Zeichen. In ihnen sind eure von Gedanken gemachten Egos eingefangen. Sie sind Eckpfeiler aller Seelen. Deshalb können sie weisen. [*Geritzte Zeichen leuchten*]

A: Soll ich es erneut probieren und kann ich siegen?

U: Du fragst, weil du zweifelst.

S: Er fragt, weil er nicht an sich glaubt.

W: Kleines Wesen frage nicht! Sieh in dein Spiegelbild und tanz mit Skuld, damit du morgen besser sein wirst.

A: Ihr redet mit mir, als ob ihr eine Macht in mir sehen könnt, die ich nicht fühle.

S: Vielleicht verstehst du doch. Dein wahres Selbst unterscheidet sich nicht von den größten Helden und tapfersten Völvas. Sie folgten dem Ruf des unstillbaren Willens und verwirklichten ihn in der Realität.

A: Was ist der unstillbare Wille?

S: Es ist der Drang in dir, der sich nach mehr sehnt. Dieser Drang weckt dich morgens. Er treibt dich durch den Tag und zaubert die Träume in der Nacht. Er ist das, was nach Größe, Stärke und Macht strebt in allem Zukünftigen. In mir! In mir! Denn nach meinem Glanz sehnen sich alle Wesen Tag für Tag.

A: Ist der Wille in mir von dieser Art?

U: Du Narr!

W: Wie kannst du uns sehen und doch kein Wort verstehen. Wille formte die Welt. Die Welt ist gewordener Wille. Er formte sie von Anbeginn. Er steckt in Gier und Verzicht. Er hat dich gemacht und er ist es, der dich machen lässt. Das ist wahr, aber es ist nicht fatal.

A: Ihr sprecht und ich höre euch und etwas in mir klingt mit und schwingt. Auf eine neue, unbekannte Art beginne ich zu spüren. Da ist eine Stärke, die in mir verborgen liegt. Diese Stärke habe ich nie zuvor gespürt. Was ist noch in mir? Kommt! Helft mir! Zeigt mir, wer ich wirklich bin!

W: Seht Schwestern, dass machen Zweifel und Selbstmitleid mit jedem Wesen.

S: Statt zu kämpfen und vorwärts zu schreiten. Statt mit klarem Willen den Sieg zu ergreifen, ist dieses Menschenkind eine Mühle mahlender Gedankenkreisel.

U: Sieh die geritzten Zeichen. Sieh die Macht geritzter Runen.

A: Du ritzt und es wird wahr?

U: Ich ritze und es entstehen Möglichkeiten,

Wahrscheinlichkeiten und Potentiale. Doch du bleibst frei zu wählen. Sieh wie ich Raido in den Stamm ritze. [*Ritzt Rune Raido*] Sieh wie sich dir dort ein Weg offenbart.
[*Scheinwerfer leuchten einen Weg entlang*]
Aber ob du ihn gehst, liegt in deiner Hand. Du musst selbst wählen.

S: Diese Straße wird verschwinden. Diese Häuser werden verschwinden. Diese Kinder sind verschwunden. Sie sind zu Männern geworden. Diese Männer werden verschwinden und zu Greisen werden. Diese Greise werden verschwinden und zu Gräbern werden, die man vergisst. Verstaubter Sand verweht im Wind.
Generation um Generation reiht sich aneinander. Der Lauf der Generationen bleibt gleich; scheinbar unabänderlich. Scheinbar! Denn nichts bleibt gleich, weil alles fließt. Es wandelt sich, wächst und zerfällt. Siehst du es nicht? Dann müssen deine Augen trübe sein und du überblickst nicht wie ganze Weltzeitalter kommen und gehen. Gewebt in Zeit ist das ewige Entstehen und Vergehen der Welt.

W: Deine Schritte sind reine Willensmacht. Geh sie mit Weisheit. Aber höre auf zu zögern! Du leidest, weinst und kreischst im Geist, weil du solange an deinem wahren Schicksal gezweifelt hast.

U: Ein Fluss aus verbundenen Augenblicken nicht

gleicher Zeit formt und schwängert die Welt. Du bist ein Kind der Zeit. Sie hat dich geformt. Sie ist deine Mutter. Sie wacht jeden Tag über dich bis zu deinem Totenbett.

W: Ihr Menschen rechnet. Minute um Minute. Stunde um Stunde. Tag um Tag. Ihr zieht Linien. Aber das ist nicht Zeit. Fließen. Formlos. Nicht Welle. Nicht Linie. Nicht Viereck, noch Dreieck oder Kreis. Nicht Stunde, Minute, nicht Tag, nicht Jahr, nicht Geschwindigkeit. Keine Zahl. Sei frei! Fließe. Lass nicht zu, dass jemand diesen tiefen, freien Atem in Ketten legt oder in Boxen packt und sie in Käfige mit harten Wänden einsperrt: Baue keine Fallen aus Stunden, Minuten, Jahre oder undurchdringbaren Wellen. Unsere Zeit schwingt härter und unüberwindbarer als das härteste Metall.

Wenn drei eins ist, dann ist eins keins. Du zählst, was nicht zu zählen ist und wenn du so lebst, wirst du nicht die Wahrheit ausleben können. Du lebst eine Lüge. Höre auf Sig. Sie lehrt, dass der große Sieg darin besteht, zu dir selbst zu werden.

Tik Tak, Tik Tak; die Uhr hält niemals an. Der Sand rinnt durch dein Stundenglas. Alles ist durchgetaktet. Dein Erfolg folgt einem Zeitplan aus harter Arbeit. Deine Niederlage fühlt sich an, als ob sich die Zeit ewig ausdehnt. Aber der wahre Sieg des Herzens ist unbeschreiblich. Schau genau hin und erkenne der

Wahrheit Sein.

[*Drei Spiegel stehen. A schaut kurz in jeden Spiegel.*
Dann spricht E]

E: Da stand das kleine Wesen, dem die Nornen
geschworen hatten, es zu belehren. Er sah in die drei
Spiegel. In dem einen Spiegel sah er sein Jetzt. Er sah
in den anderen Spiegel und er sah sein Morgen: Er
sah in den Dritten und er sah sein Gestern. Drei
Spiegel, drei Versionen, drei Wahrheiten: wer war er
wirklich?

U: Dreimal scheinst du zu sein: hier und jetzt, in dem
Augenblick der vergangen ist und in dem der gleich
beginnt. Bist du die drei? Bist du einer? Bist du
dazwischen? Was endet, wenn begonnen hat, was nie
war?

A: Wer bin ich und wer werde ich sein, wenn ich
weiß, wer ich sein werde? Das Jetzt zerrinnt zwischen
meinen Händen wie feiner Sand am Strand.
Unabänderlich rinnt es. Ich versuche es zu greifen,
doch ich greife ins Leere.

[*Skuld kommt zwischen den Spiegeln hervor*]

S: Seht ihn an. Er ist wie ihr. [*Zum Publikum*] Von
Morgens bis Abends träumt er von mir. Wer wird
dieses Wesen sein, wenn es beginnt meinen Tanz zu
tanzen? Wer werdet ihr sein?

A: Seht mein Gesicht, wie alt und grau es in diesem

Spiegel ist. [*Greift sich erschrocken ins Gesicht*]

S: Angst hat er wie ihr vorm Alter. Aber nicht die Falten fürchtet ihr. Es ist die Angst versagt zu haben. Angst eure Träume nicht erfüllt zu haben. Angst, ein sinnloses Leben gelebt zu haben. Allein sein ist keine Schande, aber seine Träume nicht gelebt zu haben, bringt Schmerz. Dieser Schmerz quält all die Altgewordenen. Denn sie wissen, sie hatten ihre Chance. Doch ihre Zündschnur ist fast abgebrannt.

A: Sehet dort in dem Spiegel, [*Zeigt auf anderen Spiegel*] wie ich in meinem alten Babybett liege. Wie süß, wie zart, wie wunderschön ich war. Wie vielversprechend mein Lebensweg und doch stehe ich nun hier und weiß nicht, welcher Pfad, der meine ist.

W: Deine Schale ist noch voll Wasser. Da ist genug Zeit. Es wäre genug Wasser, wenn du nur aufhören könntest zu zweifeln. Alles ist noch greifbar. Aber nur, wenn du aufhörst zu zweifeln. Höre auf, dich selbst zu blockieren!

[*A rennt und kreischt*]

A: Warum erst jetzt! Warum konnte ich es nicht früher erkennen? Ich strauchelte und kroch. Doch jetzt erwacht eine neue Kraft in mir. Ich spüre sie endlich. Sie wird genährt von einem Wissen um das Schicksal. Schicksal ja! Hört ihr! Hört ihr! Es gibt Schicksal, aber missversteht es nicht. Es wird aus dem Schweiß harter Arbeit geboren und ist der verdiente Lohn.

[*Zum Publikum*] Ihr seid wie ich. Wir sind nur das Spiegelbild des Hier und Jetzt und doch zerreißen wir Augenblick für Augenblick zwischen Gestern und Morgen. Wer sind wir also? Kennt ihr euch? [*Zeigt mit Finger auf Werdandi*] Kennt ihr euer wahres Selbst? [*Blickt nach oben mit ausgestreckten Armen für einige Sekunden, dann lässt A plötzlich erschlaffend Kopf, Schulter und Arme nach unten sinken*]

E: Er sah sein Alter, sah sich ins Gesicht und sieht das Morgenland. Er sieht die Abgründe und wie die Dunkelheit nach ihm greift. Aber da ist auch ein Lichtblick. Da ist der befreiende Gipfelsturm und da ist der große Durchbruch. Schicksal wartet auf ihn, so wie es auf jeden von euch wartet.

[*A richtet sich wieder auf und guckt in alle drei Spiegel mit wechselnder Mimik und Gestik*]

W: Greif ins Leere. Weder jetzt, noch gestern oder morgen sind für deine Hände greifbar. Wie wenn du in einen Fluss nach dem Wasser greifst. Ein paar Tropfen bleiben scheinbar an deiner Hand kleben, aber eigentlich greifst du ins Nichts.

U: Du bist hier mit uns und es ist unsere selbstgewählte Pflicht, dir Aufgaben aufzuerlegen, die deinen Talenten entsprechen.

W: Die Weisen alter Tage haben gesagt: im Angesicht der Welt bist du nichts, aber im Angesicht der Liebe bist du alles. Sei dir sicher, unsere Liebe gilt dir uneingeschränkt. Sie ist nicht gebunden an das Schicksal, dass wir dir offenbaren. Sie ist frei und gilt deinem guten Herzen. Aber ein Schicksal legten wir dir in die Wiege und auf deine Schultern. Also trage es. Erfülle es, denn du kannst es wirklich schaffen.

S: Du selbst erkennst seit Jahren, dass diese Aufgabe getan werden muss. Du selbst erkennst, dass die Welt diesen Heldenmut braucht, um zu heilen. Ich sage dir, nicht jedes Wesen erkennt das. Denn du erkennst das, weil in dir die Macht wartet, die gebraucht wird, um diese Aufgabe zu erfüllen. Also fang an! Wage es, selbst wenn du strauchelst. Wage es ohne Angst vorm Scheitern und wenn du fällst, dann steh auf und fang von vorne an. Aber wage niemals wieder zu stoppen! Höre nicht auf, solange noch ein Atemzug darauf wartet, gehaucht zu werden.

A: Die Maschinen, die sie haben. Die Maschinerie ihrer Bürokraten und ihr stummes Gefolgsheer; wie soll ich es mit all denen aufnehmen? Sie sind so viele und ich bin allein!

W: Glaubst du wirklich, nur du wärst unzufrieden? Glaubst du der Einzige zu sein, der ihre Willkür und Habgier leid ist. Es warten Millionen wie du, die die Schnauze voll haben. Sie warten auf ein Zeichen. Sie warten auf jemanden, der aufsteht, damit sie es ihm nachmachen können.

O: Sie haben euch zu Ohnmacht verdammt. Aber das konnten sie nur tun, weil ihr die Ohnmacht akzeptiert habt. Ihr seid nicht weniger als sie. Ihr seid ihnen nicht unterlegen. Aber genau das haben sie euch glauben gemacht. So haben sie euch unsichtbare Ketten angelegt, mit denen sie über euch herrschen.

S: Marionetten! Sie sind ihre Marionetten. Ja schaut genau hin. Seht ihr die Gedankenfäden, mit denen sie sie wie Puppenspieler steuern? Seht die Fäden aus geistiger Energie. Mit ihnen kontrollieren sie ihre Opfer.

W: Sie selbst haben sich zu Marionetten gemacht. Sie selbst gaben den Puppenspielern die Macht, sie zu beherrschen. Sie selbst haben ihren freien Willen abgeschnitten.

S: Freier Wille. Ha! Er? Sie? Ihr? Das wollen sie eine freie, selbstbestimmte Zukunft nennen. Ich lache über sie. Wenn sie es nicht wagen, frei zu denken, dann werden sie nicht frei handeln und niemals frei leben.

A: Ja. Ja. Ja! Alles was ihr sagt stimmt. Aber was soll ich tun? Die Angst frisst mich Tag und Nacht auf.

O: Deine Angst ist ein dunkler, gefräßiger Wolf. Er nährt sich von deinem Geist. Aber du bist nicht wehrlos. Steh auf und kämpfe! Denn wenn du nicht kämpfst, wird nichts von dir übrig bleiben. Angst wird dein ganzes Wesen bestimmen. Willst du das?

A: Nein. [*Lässt den Kopf sinken*]

U: Dann kämpfe und jammere nicht mehr!

S: Ja, kämpfe endlich!

U: Bekämpfe deine Angst. Besiege deine Angst und lebe frei!

A: Aber …

S: Schweig! Dein Atem haucht den Zweifel. Dein Herz rast vor Angst. Du bist schwach. Wie kann es sein, dass ein Wesen so viel Potential besitzt und sich so jämmerlich verhält. Du betrügst dich. Du betrügst uns und diese Schwäche macht dich hässlich. Wirf dieses jämmerliche Kleid ab. Reiß es runter, wie die alte Haut einer Schlange. Häute dich. Leere dich. Befreie dich von deiner mitleidigen Selbstlüge. Du bist nicht dieses jämmerliche Wesen. Du warst es nur, weil du es selbst glauben wolltest. All deine Schwäche hast du selbst gemacht. Nicht dein Feind ist die Ursache deiner Zweifel und Ängste. Du allein hast sie geboren! Du allein musst aufstehen und ihnen den Krieg erklären. Du musst sie besiegen. Du hast deine Ängste und Zweifel erschaffen. Das musst du erkennen und sie endlich ausrotten!
[*A fällt zu Boden*]

S: Armselig! Dieses Verhalten ist der Grund für deine Niederlage. Du hast nicht verloren und dich dann so verhalten. Sondern, weil du dich so verhältst, verlierst du. Komm! Steh auf! Deine Zeit ist noch nicht abgelaufen. Da ist noch Zeit. Es bleiben genug Chancen. Komm! Erhebe dich und brülle wie ein Löwe [*Skuld geht zu A, hebt ihn hoch und gibt ihm eine Ohrfeige*]

A: Ahh!

S: Nimm das! Fühle dich. Fühle deine Stärke. Erkenne dein Schicksal. Steh auf und kämpfe! Erlange die Bedeutung, die dir prophezeit wurde. [*A schaut Skuld intensiv an, hebt dann den Arm zur Faust*]

A: [*Laut*] Ja! Es stimmt! Einst wusste ich, wie viel Kraft ich besitze. Ich fühlte die Macht in mir. Aber dann habe ich den Zweifel zugelassen und die Angst folgte ihm. Ich vergaß, wer ich war. Ich vergaß mein Schicksal. Ich vergaß die Macht meines Willens. Aber ich will mich erinnern. Ich will es erneut wagen und mich erneut erheben! Ich werde noch einmal nach dem Höchsten streben! [*Kurze Pause mit Stille*]

U: Du bist ein Symbol. Wir sind ein Symbol. Ihr seid ein Symbol. Aber die Wahrheit ist unteilbar und untrennbar. Lebt in Liebe. Das ist alles!

S: Eine schwarze Katze kreuzt euren Weg. Die Zahl vier leuchtet und es schlägt dreizehn. Zeichen erscheinen und testen eure Willensstärke. Sie sollen euch hart schmieden und nicht brechen. Sie können euch hart und unbesiegbar machen, außer ihr lasst euch von ihnen brechen. In euren Gedanken besiegt ihr euch selbst. Dort beginnt euer Sieg oder eure Niederlage. Ihr selbst richtet euch zugrunde oder hebt zum Höchsten an.

A: Ich will streben! Aber welchen Weg soll ich wählen? Welche Richtung ist die Beste?

W: Diese Antwort ist leicht und einfach zugleich. Menschen, die vor dir den Schicksalsweg verfehlten, haben es sich zu kompliziert gemacht. Folge einfach nur der Liebe in deinem Herzen. Sie wird dir den Weg zeigen! Lass dein goldenes Herz den Kompass sein.

O: Es ist so einfach. Fühle dein Herz schlagen. Es pumpt Blut durch deinen Körper, aber eigentlich wird es angetrieben von der Liebe, die das ganze Universum geboren hat. Diese Liebe lebt in selbst dem winzigsten Teil des Universums fort. Folge dieser Liebe. Wann immer du verwirrt bist und nicht weiter weißt, dann lausche, bis du diese universelle Liebe wiedergefunden hast.

A: Ich weiß, wovon ihr sprecht. Wir alle sind verbunden. Das spürte ich an jedem Tag meines Lebens. Aber ich verstehe bis heute nicht, wieso es Menschen gibt, die es nicht verstehen. Sie unterdrücken und brechen andere Menschen. Ihr Schmerz lässt sie kalt. Wie kann es sein, dass sie diese Verbundenheit nicht so spüren wie ich.

U: Manche verschließen ihr Herz mit Absicht.

A: Aber wieso? Wie können sie so glücklich werden?

W: Wieso denkst du, sie sind glücklich? Denkst du jene die Gewalt und Krieg säen, täten es, weil sie glücklich sind?

A: Aber wieso tun sie es dann?

U: Es gibt viele Gründe. Manche tun es aus Angst, manche aus Hass, andere aus Habgier.

A: Aber sie verlieren mehr, als sie je gewinnen könnten.

U: Sieh da spricht die Weisheit aus dir, die wir glaubten, in dir zu erkennen.

A: Aber das weiß jeder!

W: Nein, leider ist das nicht so. Dummheit ist weiter verbreitet, als es uns gefällt oder der Welt gut tut.

A: Das darf nicht wahr sein!

W: Wieso tust du so verwundert? Du kennst doch die Welt und weißt, wie sie ist.

A: Ja! Ja. Ja. [*Sinkt entsetzt zu Boden*] Ich sah, was ich sah und brach. [*Springt euphorisch wieder auf*] Aber das wird nicht nochmal passieren. Ich werde nicht nochmal brechen. Ich werde alle Zweifel beerdigen. Es ist, wie es ist, aber es muss nicht so bleiben. Selbst wenn ich durch Fontänen aus Blut und Schweiß waten muss, ich werde nicht akzeptieren, dass es so bleibt.

Ʊ: So gefällst du mir. Viele mussten erst brechen, damit sie verstehen können, warum sie sich nicht brechen lassen dürfen. Viele vor dir versagten komplett und haben alles verloren. Erst das hat sie zur Einsicht gebracht, wie wichtig es ist, niemals nachzugeben und ohne Pause zu kämpfen.

$: Du hast alles verloren. Aber das ist deine Vergangenheit. In deiner Zukunft kannst du alles gewinnen!

𝕬: Ich werde alles gewinnen, aber das ist mir nicht genug. Denn ich will nicht nur für mich gewinnen. Mein Sieg soll der Sieg aller sein, die mir folgen und aller, die gelitten haben, wie ich litt. Denn für sie will ich es schaffen! Für sie! Für euch! Denn wir alle sind verbunden. Lasst uns unsere Schicksale zusammen erreichen. [*Beide Arme weit geöffnet Richtung Publikum*]

𝕰: Hier steht es, das Schicksalskind. Es unterscheidet sich nicht im Geringsten von euch. Jeder von euch führt eine Art von innerem Dialog. Achtet auf eure Gedanken. In ihnen ruht die Macht des Schicksals. Jedem von euch ist ein großes Schicksal gegeben. Ihr müsst es nur ergreifen. Hört ihr! Ergreift es!

U: Ja, hört zu und ergreift euer Schicksal!

W: Greift zu!

S: Holt es euch.

U: Ihr wart genug für ein großes Schicksal.

W: Ich seid genug, um Legenden zu sein!

S: Wachst über euch hinaus!

U: Fühlt was war.

W: Lebt den Augenblick!

S: Tanzt den Schicksalstanz mit mir. Denn ich bin es, nach der ihr euch alle sehnt. Ihr träumt von einem besseren Morgen. Ist es nicht so? Ergreift meine Hand. Kommt und tanzt mir mir. [*Tanzt anmutig einige Schritte*]

W: Im Jetzt liegt eure Chance. Das Jetzt ist echt. Das Jetzt ist euer Weg!

S: Nutzt jede Chance und tanzt mit mir. Alle eure Sehnsüchte werden sich erfüllen. Alle Träume werden wahr. Also tanzt mit mir! Tanzt mit mir bis ans Ende aller Tage. Tanzt! Tanzt! Kommt und tanzt!
[*Skuld geht vor Richtung Publikum und streckt die Hand aus, als ob sie jemanden zum Tanz auffordern will. Urd und Werdandi treten an Skulds Seite. Langsam dunkler werdend. Letzte Lichtkegel auf die drei Nornen. Ende.*]

Anhang

Über den Autor:
 Gestern nicht
 Heute niemand
 Morgen nirgendwo

Anmerkung
Bei Bühnen ohne Strom stattdessen Kerzen und
Taschenlampen benutzen und Musik mit Gitarren,
Klavier, Schellen, Rasseln und Schlagzeug machen